D1676655

Tüsken Angel
un Deergaoren

Tüsken Angel un Deergaoren

ILLA ANDREAE

*vertellt von dat Liäwen un Driewen
in en Mönsterlänner Duorp,
von däglicken Kraom,
von Vörgesichte un Spök,
von Lieden un Leiwe
ut verlieddene Tieden
büs vandage*

BERND KÖSTERS

*hät sick de bunten Beller daoto utdacht
un up't Papier bracht*

ASCHENDORFF MÜNSTER

2. Auflage

Aschendorffsche Buchdruckerei, Münster Westfalen, 1980

ISBN 3-402-06103-1

FÖR MIENE LEIWEN WOLBIECKSKEN

Wat in düt Book vertellt is

Brutschau

Gistern sin ick wier in Bieckhusen west, un dat Hiärt trock sick mi tesammen. Antlest was ick in miene Kinnertiet met mienen Vader Wilm in ussen ollen Emscherbrook west. Schwatt von Kuohlendriet was de Emscher all domaols; män usse Gräft was klaor un grön, met Leiss un Reidgräss ant Öwer un Waterrausen up'n Speigel. Midden in de Gräft was en haugen Hucht. Dao stonnen bloss no de Müern von ne Schopp met en Krüeppelwalm. Dat anseihnlicke olle Burenhus was affbrannt, von'n Blitz druoppen. Dat hät mi mienen Vader vertellt. Up düssen Gräftenhoff in de Buerschopp Bieckhusen was he no buorn.

Äs klein Dötzken häw ick üöwer usse Niendüör, de scheef in de Hänksel honk, son witt Gekringel ümt Auge Guods un twee verslungene Namens seihen. Mien Vader lass:

„Johann to Lackum – Margarete von Westrem – 1595".

Buoben ant Dack, tüsken twee Piärdeköpp, was son Dingen äs en büerlick Wapen. Daodrup keek ussen Stammvader Hemmanns to Lackum gans luerig äs nattbäörtigen Watermann ut de Gräft. Düssen iärstbetügten Lackum har üm dat Jaohr twiälfhunnert sienen Hoff midden in Muodder un Lack von de Emscher baut. Mi äs kleine Däern was düssen Grieseboart unheimlick; he har de Hillige Feme bi sienen Hoff unner ne Eek, von de in miene Kinnertiet bloss no eenen dicken Knubben te seihen was.

Villicht was he jä en gerechten Richter bi de Hillige Feme, villicht en müörderisken Schleif, – is jä wull eendohen in ruhe Tieten.

Soviell hät mien Vader mi vertellt, auck von de Urbanusprossjohn. De trock jedes Fröhjaohr von de Urbanuskiärk in Buer düör den lechtgrönen jungen Roggen. Män in een iesigkaolt Joahr was de Roggen schwatt von Fuorst, un de Bueren pock de blanke Wut. Se schmeeten iähren gueden Patron von de Schullern dal midden in den veriesten Roggen un krakeihlden: „Dä! Nu friätt dienen Roggen alleen!“

Mienen Bessvader was sienen anstammten Hoff leed wuorn, äs em de Kuohlenzechen ümmer naiger up’t Fell rückeden. Sien fromme Drüksken was daut, un he satt met sess Blagen un siene olle Süster Anthrin dao eensam up den Hoff.

Manks sagg Anthrin: „Du moss wierhieraoten, Hemmanns!“

„Nee, gued Anthrinken, laot mi!“ knüösselde he dann und keek in siene Gräft, äs wenn Drüks leiwe Gesicht sick drin speigeln daih.

Eenes Dages kamm Naober Timphues up den Hoff un sagg: „Büs doch gued Frönd to mi, hä, Hemmanns? Dann frie för mi üm Elise! Du kanns biätter äs ick dien Woart maken. Elise is fien un sitt up iähr lecker Iärwe int Mönsterland. Iähren Ollen was en Studeerten, en Dokter, wisse. Reineweg närrsk sin ick up dat schöne Wicht, siet ick met iähr up ne Hochtiet in Wolbieck danzt häw.“

„Hm – “, sinneerde Hemmanns un hät an’n annern Dag sienen Griesen saddelt un sien Wilmken ächter sick upsitten laoten. Wilmken was den aardigsten un kloöksten von siene Jungens.

Jä, düt Wilmken is viell later mienen Vader wuorn.

De beiden sind lössriedden. In de Giägend von Nienbiärge häwt se unner ne Book rest un iähre drügen Endkes vertiährt.

Dao reip Wilmken: „Pappa! Pappa! Kiek di bloss dat unwiese Fraumensk an, wat de iähre Haor so spassig üm den Kopp fleigt! Mi dücht, de söch Steene.“

„Pst, Jung!“ flisterde Hemmanns, äs dat Frailein all heran kamm, ’n Flasskopp met nüdlicke Löckskes ümt Gesicht, nich olt, nich jung, mähr sowat äs’n Geist.

Maneerlick stonn Hemmanns up; he wuss, wat sick höärt. Dat Frailein streek Wilmken üöwer siene strubbeligen Haor un frogg: „Wuss 'n Steenken häwwen, mien leiw Jüngesken? Kiek äs, düt hiär is met sien Schnieggelhus drin wisse all an de hunnertdusend Jaohr olt. Dao moss di wünnern, Jung, wat?"

Wilm was gans verfiert un hät füsk den Steen in Task stoppt.

„Guod siängen di, Kind!" lachde dat Frailein un blitzede em ut iähre waterblaoen Augen an, de äs blanke Kuegeln son lück vörstonnen.

Äs Wilmken wier ächter sienen Vader satt, höärde he em runen:

„Kennst du die Blassen im Heideland
mit blonden flächsernen Haaren?
Mit Augen, so klar wie an Weihers Rand
die Blitze der Wellen fahren?
Oh, sprich ein Gebet, inbrünstig, echt
für die Seher der Nacht, das gequälte Geschlecht."

„Pappa! Pappa!" reip Wilmken. „Wat döhs du dao flistern? Dat schuert mi jä den Puckel dal. Doh mit dat auck lähren!"

Büs se nao Wolbieck kammen, konn Wilm dat Gedicht utwennig. He wünnerde sick üöwer de dicken Baim an de Angel un den ollen Buorgmannshoff met sien hauge Walmdack.

Nu tratt en haug stolt Wicht ut de Düör, un Wilmken dachde: Marjoh! Is dat ne Süster von dat Frailein met de Steen?

Se har en Hucht up den Kopp un Flasslöckskes üöwer de Oahren un daih de Früemden fröndlick inviteeren.

„Pappa, – höärt de auck bi de Kabbaleeren up Hülshoff?" flisterde Wilmken.

„Neenee!" lachde Hemmanns un keek sick in de fiene graute Stuowe üm. Alle Wänn vull von Beller, de ollen Füerstbischöp un Napolium un Lüde met witte Prüken un Krinolinröck. Up de poleerten Schäpp stonnen Antikskes.

Et gaff gueden Kaffee, Karinthenstuten un Appelkoken. Up Teller un Tassen wassen Rausen moalt.

„Soso?“ lachde Elise. „Ji kuommt von Timphues? Dat is mi jä ne nette Kommeddig, dat Ji üm mi frien wüllt, Graute Lackmann!“

Elise gonk met iähren Besök in den Gaoren, wo alls vull Blomen stonn un Äppel, Biärnen, Prumen, Pääskes von de Baim hongen. Sülwerpappeln rüskeden üm den Aantendiek in den schmöden Summerwind.

„Mien Vader was en sinnigen Mann,“ vertellde Elise. „He verstonn sick up't Kureeren von Mensken un har sien Plasseer an't Proppen. Up düssen Speckbiärnenbaum hät he Jufferbiärnen proppt, Summerbiärnen un de leckeren griesen Judenbiärnen. Sök di män de besten ut dat Gräss, Wilmken!“

De Jung lusterde up dat Raskeln von Elise iähre Röck un trock den Rök von Lavendel in siene Niäse. He mook sick an de Biärnen un stuotterde dann ganz blai:

„Ick – ick weet wat,Frailein – .“

„Nu? Dann män to, Jung!“ lachde Elise met de schönsten witten Tiähne.

Achtersinnig runede Wilm: „‚Kennst du die Blassen im Heideland –‘“.

„Dao bliff mi jä de Pust weg,“ reip Elise. „Mi dücht, du büs jüst so klook äs dienen Vader. Mien Liäwensdag häw ick nich son Vergnögen hat äs vandage met ju beide.“

Nu daih Elise iähren Besök met en grönen Kahn üöwer de gröne Angel rudern, büs in'n Deergaoren.

Wilm gonk dat Hiärt up un he reip: „Pappa! Wat mott de daore Timphues hiär denn alles kriegen? Hieraot du doch Frailein Elise, Pappa!“

„Wuss wull forts diene Schnut hollen!“ stüöhnde Hemmanns schaneerlick.

Rank un swank buogg sick Elise vör Lachen. Dann sagg se still in iähr Taskendöksken: „Meineeh! Sone Kommeddig!

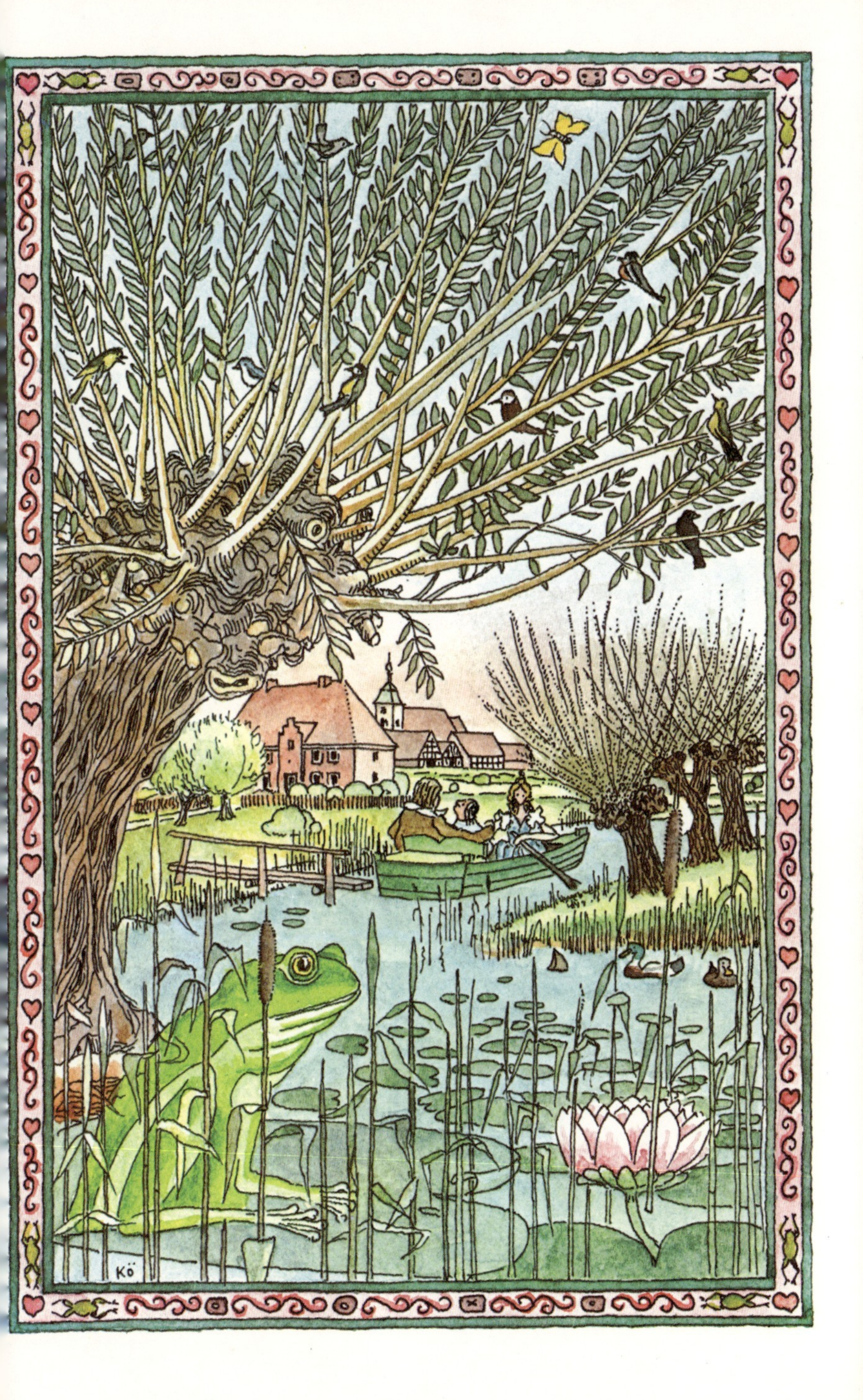

Du wees gued noog, Kind, dat Timphues mi viell to daor is. Ick bruk wat för mien Gemöt, dat mi mien Bloot warm wäd.“ Met schüen Blick keek Elise den staotsken Mann an, wel sick in gröttste Verliägenheit den blonden Baort streek.

An'n Aobend lagg Wilm in en Hiemmelbedde unner maolte Engel. Sien Vader satt met Elise an'n Aantendiek, wo de Sülwerpappeln unnern Maond rüskeden. Niäwel kraup ut de Büsk, un Rausenrök lagg in de Lucht.

„Vertellt mi doch wat, Graute Lackmann!“ drängede Elise. „Ji verstaoht Ju upt Vertellen, dat mi dat Hiärt upgeiht äs en Pannkoken. Ick – ick – ick will den Timphues nich, nee! Ick will – Ju!“ He kreeg kin Wöärtken mähr herut.

Dao pock em Elise all bi de Oahren un gaff em een Mülken, un he miärkede, wu iähr ganze Hiärt ut iähre Lippen flaug.

Naober Timphues har dat Naoseihen, un Hemmanns moss em Affstand tahlen un drei Paar Stiäwelsuohlen, de Timphues up de Friersfööt üm Elise afflaupen har.

Hemmanns hät sienen anstammten Gräftenhoff an Baronn Füerstenbiärg verkofft. Jüst an den Dag, äs he met siene Süster Anthrin un siene sess Kinner afftrocken is, schlog de Blitz in un hät dat schöne Hus affbrannt.

So sind wi ut dat Vest Riäckelhusen in't Mönsterland kuommen un met de Tiet echte Wolbieckske wuorn, son lück vernienig, son lück wiese, un met ne düftige Potzion Humor, dat wi alltiet am besten üöwer us sölwst lachen könnt.

Gistern sin ick wier in Bieckhusen west, un nicks stonn mähr up den Hucht, bloss 'n Haupen Schiet. Bar Muodder was usse Gräft, kin klao grön Water mähr, kin Leiss ant Öwer, kin frisk Reidgräss, kine Waterrausen up den Speigel.

Ne äösige Müllkipp lagg tieggen kaputte Autos. Ut dusend iesige Lechter keek de Industrie up dat Land, wo vör lange Tiet miene Vörsiätten satten, wo de Hillige Feme Verbriäkers an de Eek uphangen hät.

Son schuerlick Rüsken gonk düör dat verdrügte Reidgräss.
Grülicke Haughüser, Stunk, Spittakel, Driet un Schiet.
Mi trock sick dat Hiärt tesammen.

Tante Anthrin

Tante Anthrin was en Dutz Jaohr öller äs Hemmanns. Se verstonn sick up Kuocken, Backen, Naihen, Kinnerverwahren, Kühmelken, Schwienefoern un Biädden Biädden Biädden.

Elise kreeg to de sess Blagen no acht eegene. Elise har en Gemöt ut Gold, un Anthrin en Hiärt ut Iädelsteen. So was Hemmanns 'n wuohlversuorgten Mann, gastfrie för Frönde, Früemde un Biäddelvolk.

Eenmaol in't Jaohr mook Anthrin sick up'n Patt nao Telligt. Alle vetteihn Blagen schlüerden up Wallfahrt ächter olle Tante düör Sand un Muodder. De Küh ächtern Tuun lusterden up de Rausenkräns un de Lauretaniske, de Leeder von't Jammertal un Mariazulieben.

In de Kapell von Telligt wuor so lank sungen un biäddet, büs Pailken, dat kleinste Wichtken, an te hülen fonk un stüöhnde: „Nu is't noog, Tante Anthrin! Wenn de leiwe Schmerzhafte us nu nich helpen will, hät se kine Iärs."

„Maggs wull recht häwwen, mien leiw Däernken," flisterde Tante Anthrin. „De Wunnerschönprächtige hät iähren eegenen Kopp. Meerstiet hät se mi jä holpen. Män et is bloss gued, dat ick auck no mien guodsiälige Anthrinken Emmerick in petto häw. Meineeh, meineeh! Wat is dat doch en Siängen, dat sich dat fromme Nünnken nich mähr met de Wundmaole affquiälen mott un nu haug in den Hiemmel is!"

Wenn olle Tante dann iähre Vertellsels von de Wundmaole antoch kreeg, wassen alle Blagen froh, ümdat se dann nich mähr den langen Sandweg düör de Wolbiecksken Füchten biädden un singen mossen.

„Och, Kinnerkes, – " vertellde Tante Anthrin. „Äs ick son klein Wichtken was äs nu usse Pailken, dao satt up ussen Hoff in Bieckhusen no olle Tante Marickthrin, ha, son fromm Menske! Eenes Dages hät se mi metnuommen nao Dülmen. Dao lagg son witt Nünnken in't Bedde un har ümt Köppken en Dook met lutter Blootplackens, auck in de dünnen Händkes Bloot, un dat wassen de Wundmaole von Ussen Leiwen Häern. Mi wull sick dat Hiärt ümdreihen." Tante Anthrin moss Aom halen bi de Summerhitz.

„Vertell, vertell!" reipen de Blagen.

„Jä, in iähr Kämmerken, dao satt sonen fienen Mann an den Disk un schreew un schreew, äs daih em de Hillige Geist dikteeren. Mi dücht, son lück unwies was he wull. Äs wi binnen kammen, mook he sienen Diener, un weg was he. – ‚Alle gueden Geister, iährwürdige Schwester!' reip olle Tante Marickthrin. ‚En Mannsmensk in jue Kammer?'

‚Och –,' flisterde dat Nünnken, ‚Dat is wisse en gans Frommen. De schriff alls up, wat ick em von Bethlehem un Nazareth vertell. Ick kann der jä nicks an dohen, dat de Geist Guods mi nao Jerusalem driff, – is hatt noog för mi.'

‚Nee, sowatt!' stüöhnde Tante Marickthrin un krieskede: ‚Hiärt Jesu, Hiärt Mariä, staoht mi bi!' Un se keek schiäl up dat, wat de fiene Häer upschriewen har. ‚Schwester Anna-Katharina, dat is jä bar Haugdütsk, dat kann jä kinen üörndlicken Mensken verstaohn. Versteiht de Käerl sölwerst denn, wat he dao schriff, un wat Ji em vertellt? Kann de villicht gar kin Plattdütsk?'

‚Ick weet nich,' sagg dat Nünnken. ‚He is wisse kinen iäkligen Düwelsknecht. Eeenes Dages is he ut Frankfuort kuommen, – wo dat ligg, weet ick nich.'

‚Hu! Wat?' reip Tante Marickthrin. ‚Villicht en Juden? In Frankfuort giff 't doch nicks äs Juden.'

‚Och, tauft is he –.' Män nu bruok iähr dat Stimmken. ‚Mien Guod, mien Guod, waorüm häs du mi verlaoten?' stüöhnde dat Nünnken un leit dat Köppken hangen un was ut de Welt."

Wenn Tante Anthrin sowiet in iähr Vertellsel kuommen was, moss se sick schnüten un ne Träön wegputzen.

„Kinners, Kinners, ick sin ut de Kammer laupen un olle Tante Marickthrin ächter mi hiär. Äs wi dann nao Huse

pättkert sind, simmeleerde olle Tante: ‚Nu sägg bloss, Wicht, wu kann en Christenmensken so heiten, – Brentano? Wenn dat män kinen Düwelsnamen is!‘

„Och, Tante, –“ sagg ick. „Wenn de Käerl den Gottseibeiuns persona west was, dann har de Kammer von Pieck un Schwiefel stunken un wisse nich von Rausen ut de Wundmaole.“

Dann fonk Tante Anthrin iärst recht ut Hiärtensgrund von de Wundmaole an te vertellen. Alle Wichter mossen harre grienen, un de grauten Jungens daihen sick stikum de Schnuodder von de Niäsen an iähre Mauen affstrieken, so grienensmaot äs iähr dat wuor.

Äs dat guodsiälige Nünnken endlicks in den Himmel fluoggen was, dao häwt Tante Marickthrin un Anthrin no Haugdütsk lährt un dat Book luosen, wat Clemens Brentano schriewen har, un met düt Book in de Hänn is Tante Marickthrin siälig in iähr hunnertste Jaohr stuorwen.

Stoffer

Stoffer was all bi Elises Vader in Denst west. He verstonn met Piärdkes ümtogaohn. Piärd un Schwien, Wippstiärt un Karpen, alle Dierkes wassen Stoffers Bröerkes un Süsterkes. In siene Upkammer honk Frans von Assisi, so löchtend bunt äs'n briännenden Seraphim üöwer Stoffer sien Bedde. Wenn de Blagen up de Ledder in de Upkammer kleien daihen, mossen se biädden:

„Guede leiwe Frans,
help mi bi den Danz
düör düt iärge Liäwen!
Ick will di auck wat giäwen,
een Kassmännken för de Armen,
dann döht sick Guod erbarmen."

Unner Stoffer sien Eekenschapp was ne Treck, wo de Äppel biätter frisk drin bleewen äs in'n deipen Keller. To Wiehnachten wassen Stoffer siene Äppel no schuumig, un de Hill hät nao Äppel ruocken.

„Hm?" lachde Stoffer. „En Schaopsniäsken fällig, mien Tönnken? En Renettken, Liesebettken? En Summerappel, mien Pailken?"

Pailken, de am besten wat ut dat Olle Testament vertellen konn, sagg dann: „Stoffer siene Treck is jüst so äs de Uolg-pull von de Witwe von Sarepta, wo dat Uolg nie alle in wuor."

Von Water wull Stoffer nicks wiätten. „Bloss gued för de Fisk! Spieg is biätter. Muorns düftig Spieg in de Hänn, in'n Baort, üm de Niäse, un Wasken is praot."

Stoffer har ne ganz witte Buorst vont Schweeten. „Spieg un Schweet kuommt ut den Mensken alleen, so hät Guod dat wullt," lachde Stoffer. „Water düch nich äs tot Supen. Dao is'n Halwen mien Gusto. Weiten un Roggen lött Guod nich bloss för Möllers un Bäckers wassen."

Von Fraulüde holl Stoffer garnicks. „Hieraoten? Brrr! Ick sall'n Deibel dohn. Alle Wiewer häwt en Füerbrand. In de Höll met de leigen Aosnickels! Alle sind kin Sübbösken wäert. Nu jä – Elise un Anthrin, – dat steiht up en anner Blättken."

Eenes Dages kreeg Stoffer Besök von sienen Vader, son steenolt Männken, en rechten Prumenküötter. De wull pattu nich in Elise iähr Hiemmelbedde schlaopen. „Neehee! Diene Beddstiär is breed noog, Stoffer, un ick mott de Ratten up de Hill danzen häören."

An'n Muorn kniebbelaigede Stoffer üöwer sien Knabbelkümpken to Elise hen. „Mienen Ollen is gued trechtkuommen."

„Wat du nich säggs, Stoffer!" vermünterde sick Elise. „Nu is he all wier met de Postkutsk up'n Patt? Hät em denn mien Suermoos met de fetten Rippkes nich smakt?"

Stoffer nickede met den Kopp. „He hät jä friätten äs 'n Schünendiärsker. Villicht hät em dat Tügs dann in sienen Buk kniäppen?"

An'n diärden Dag sagg Stoffer fierlick: „So! Nu kann de Häerohm Pastor mienen Ollen up Kösters Kämpken brengen. Dat Männken lagg dao so stillkes an miene Siet, un dao häw ick em met de Käss anlöcht. Dao was he daut, un ick häw der jede Nacht drei Rausenkräns bi biäddet. He har son fromm Gesichtken un is wull forts in den Hiemmel fluoggen. Mi daih dat Bengelken bloss so leed, so ieskolt äs he was. Nu jä, un dao häw ick mienen Vader de drei lesten Nächt'n lück upwiärmt."

Et leip Elise un Anthrin den Puckel dal, män Stoffer was so froh, dat he sienen Ollen fromm bedeint har.

Dann is Stoffer wat gans Spassigs passeert. He trock sienen Braotenrock an un kutscheerde nao Mönster, üm met de grauten Jungens Johann un Anton tesammen den Ölsten, Wilm, afftehalten. Wilm har sien Abentüer an't Paulinum ächter sick, un boll wassen alle schietendick bi dat Jubileeren un Juchen up de Schassee nao Wolbieck. Stoffer har siene dicke Pull all lierig suoppen.

De Hiemmel wuor schwatt, et fonk an te plästern. Dann gonk hatt Gruommeln un met dat düstere Wiär ne Blitzerie löss.

„Män to, Stoffer, män to!“ reipen die Jungens.

„So'ne Sündfloot!“ flökede Stoffer. „Ick sin natt büs up de Butten.“

Nu kammen se an de Brügge von Stapelskuotten, un ne unnüörsele Masse Water stuott dal.

Dao höärde Stoffer ne Stimm ropen: „Haolt, Stoffer, haolt!“

„Wel röp mi?“ verwünnerte sick Stoffer.

„Ick höär nicks,“ sagg Wilm.

Dao reip de Stimm all wier: „Trücho, Stoffer, trücho!“

„Dunnerewiär, wel röp mi?“ schennde Stoffer un reet siene Piärde trücho. Se stonnen pielup un mossen äs unwies frensken.

Stoffer sprank von den Buck un stonn dicht an de brusende Wärse. De Brügge was von dat wilde Water wegrietten.

„Pappa!“ green Stoffer. „Häs du mi ropen?“

Meteens wassen alle grauten Jungens nöchtern, un Wilm sagg: „Wat is dat doch en Glück, dat du sonen Spökenkieker büs, Stoffer!“

„Ick laot drei Missen för dienen Ollen liäsen,“ sagg Johann.

„Ick will drei Rausenkräns biädden,“ sagg Anton.

„Is nich neidig,“ green Stoffer. „He is all buoben bi mienen besten Frönd Frans. Dat hät mi de Bookfink vertellt. Wat wiettet ji studeerten Jungens von dat, wat mi de Vüögelkes toflistert?“

Jau, so was dat! Bookfink un Schiethupp un Märtengeitlink wussen mähr äs klooke Lüde, auck wat siebenmaol siebben was, un dat wuss Pailken nich.

„Wocht män, Wichtken!“ lachde Stoffer. „Ick mott bloss

den Bookfink fraogen. De Lünink weet dat auck." Dao hät en Vüögelken Stoffer wat in't Oahr piept.

„Justament nieggenvettig, Pailken!" lachde Stoffer.

An'n annern Dag kamm Pailken grienensmaot ut School.

„De Juffer hät mi wat düör de Finger giäwen, Stoffer."

„Dunnerslag! So'n Aos! Büs villicht en leig Wicht west, Pailken?" He speeg iähr in dat raude Händken.

„Nee, Stoffer, nee! Ick häw bloss ropen ‚muorn is Vuogelscheiten". Un de Juffer frogg, ‚wie heisst das richtig, Paula?' ‚Vogelscheissen', häw ick säggt, un dao hät se mi wat met iähren Reidstock düör de Finger timmert. Dann häw ick gans hennig ropen ‚Vogelbaba, Frailein Lährin!' Dao hät se mi iärst recht hauen, hu hu hu."

„Sone daore Üüs!" gruollde Stoffer, un namm Pailken up siene Schuller. Dat was de eenzigste Müöglichkeit, Stoffer in't Water te kriegen. He was en langen End un druogg dat Däernken jüst so äs de hillige Stofferus, sienen Patron, düör de Angel büs an Weimanns graute Wieske, un dat „Jesuskindken" hät harre jucht, äs Stoffer mitten in den Kolk dat Water büs an den Baort steeg.

In't Oller kreeg Stoffer Pien up de Buorst. He daih sick heete Piärdeäppel drup. Dann was he de Pien leed un reip met ne heeske Stimm nao den Pastor.

Äs de Häerohm met dat Sakrament in Stoffer siene Upkammer kamm, flaug de Bookfink düört Fenster un sunk hell un klaor. De Duwen up't Dack wuorn wehrig met iähr Ruckudiku. In't Kellingholt fongen de Nachtigallen an te slagen, un Stoffer gongen de Augen üöwer. So is he met Vuogelsank inschlaopen, un ganz Wolbieck hät em naotruert.

Trurige Tieten

Tante Anthrin schleip siälig in. Dann wull auck Elises Hiärt nich mähr. Sinnig un fröndlick gonk se ut iähr fromme Liäwen.

„Büs gued west, Hemmanns, dank di!" He keek in iähr leiwe Gesicht un wull met Elise stiärben.

„De Kinner, Hemmanns, – Drüks Kinner, miene Kinner, du moss bi usse Kinner bliewen. Kumm, küss mi, mienen Leiwsten!"

Hemmanns leip düör den Krummertimpen un moss harre hülen, un alle Lüde kammen ut iähre Düören un hül met em üm Elise.

Dann hät he sienen Appelschiämmel saddelt un is lössriedden, twiärs düör den Deergaoren, düör de Dawert, hussa hussa hopp!

Boll saggen de Wolbiecksken: „He hät sick doch süs nich äs Kabbaleer upspiält. Män nu driff he dat so dull, äs wenn he Graof Lackmann heite, un up sienen schönen Hoff geiht alls koppheister."

Met Elises Hölp wassen alle grauten Kinner gued trechtkuommen, haren studeert, wassen Dokters wuorn, haren guede Pattien makt.

Hemmanns wull kinen Iärwen up den Hoff häwwen. So bleewen bloss Elises jüngste Döchter un wassen gans verbiestert, wenn de Vader äs en wilden Tockelbähnd heranbrusede un int Hus herümspittakeln daih.

Agnes, schön äs iähre Moder, so an de twintig, leit alles schlüörn un har gar kine Iärs, in Küöck un Stall te arbeien. Met Knecht und Magd kreeg se Striet, un kine Menskensiäle wull no up den Hoff an de Angel deinen. Guede Naobers häwt Küh un Schwien un Höhner versuorgt.

Nu trock eenes Dages son schwattbrun Janhagel von Schampaljenvolk düör Wolbieck. Hemmanns keek düört Fenster up de Sigeiners un krieskede luthals:

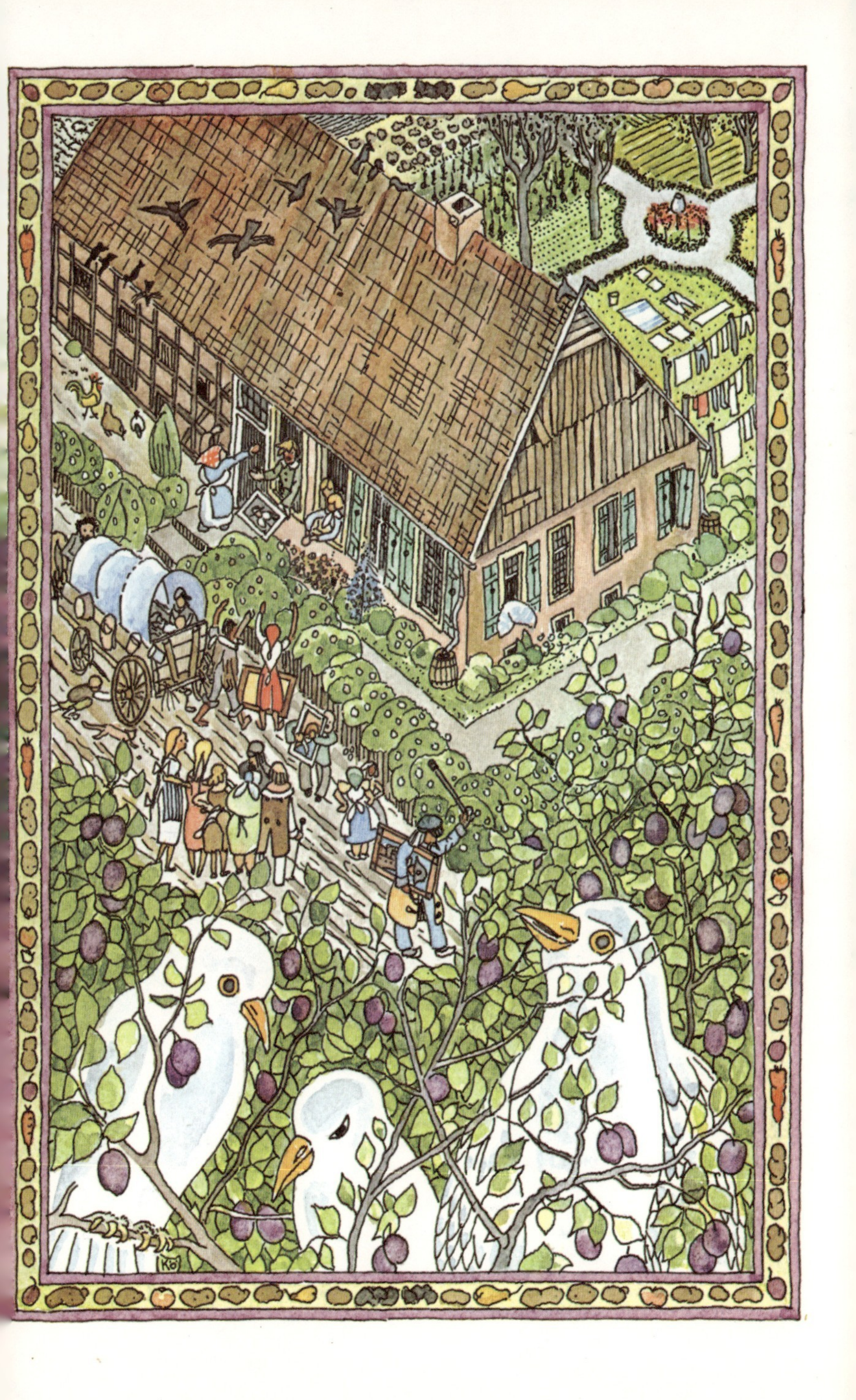

„Heda, heran, heran! Packvolk, heran! Hiär gifft wat te kaupen. Bloss'n Kassmännken för Antonius von Paddewaddewatt! Bloss'n Sübbösken för Bähndken von Gaolen, kann puchen un praohlen. Bloss twee Pennink för Napolium, mähr is den Schaleier nicht wäert." Un he schmeet Elise iähre Beller üöwer de Haböckenhiegge unner dat Janhagel.

Dao kamm Fritz Kocks, en steenolt Männken, un jüst flaug em Napolium vör de Fööt.

„Dat hät mienen Emperör nich verdeint!" reip Fritz wahn un reet den Kaiser ut de Prank von'n Sigeiner. „Schiämt Ju wat!" schennde Fritz. „Mott denn en Mann ut Rand un Band kuommen, wenn son gued Wiewken äs Elise nich mähr up düsse leige Äer is?"

De armen Wichterkes stonnen dao un mossen tokieken, wu de grauten Füerstbischöp düört Fenster flaugen.

„Pappa!" green Liesebeth, en schü Wicht von twiälf.

„Pappa, dat draffs du nich dohen," hülde Pailken.

„So! Nu is't noog!" sagg Maria, en kuorten dicken End von füfteihn. „Miene Patronin, – nee, de schmitts du mi nich unner dat äösige Pack!"

„Schmiet mi, Papa, schmiet mi!" sagg Pailken. „Usse Mamma grint blöderige Träönen, Pappa! Schmiet mi, – dann sin ick bi diene Elise."

„Elise?" Hemmanns starrde sien Döchterken an. Dann reet he dat Pailken in siene Arms, auck Liesebeth un Maria, un alle greenen bitterlick.

„Wat bölkt ji denn?" frogg Agnes, äs se binnen kamm. „Usse Mamma kümp niemaols wier, un wi gaoht alle tom Düwel."

Hemmanns hät siene drei jüngsten Döchter in dat Klauster nao Mönster bracht, wo Elise iähre beste Fröndin Oberin in was. Agnes wull nich met.

„Ick? Villicht ne Nunn? Haha! Ick hieraot en Graofen, de kümp mi topass." Se was'n stolt rabusterig Wicht met ne ranke Postür un grullerige Augen. Alle Jungens keeken iähr luerig nao, wenn se rank un slank üöwer de Wiesken gonk un sungen hät: „Dat du mien Leiwsten büs –."

Agnes bleew up den Hoff un har den Kopp vull von Graofen un Prinsen ut Selma iähre fienen Böker.

Selma, den rieken Simon siene Dochter, was Agnes iähre eenzigste Fröndin. Stunnenlank satten de beiden unwiesen Wichter in de Lustkast an de Angel un schmuseden von Graofen un staotske Mannslüde.

„Dat Jan van Leiden nich mähr up de Welt is!" stüöhnde Agnes. „Den Küönink von Sion, ha – den har ick siene füfteihn Wiewer krumm un scheef kürt, un ick alleen was sien Hiärtenswiew west."

Selma was reineweg närrsk up den Dullen Christian. „De kann doch in't Handümdreihen jedes Wicht in den siebbenten Hiämmel brengen. Wat schaa, wat schaa, dat he so junk stiärben moss!"

Jä, Wichter, de von Graofen un Dulle Christians draimt, laotet den Pannkoken anbriännen.

Wenn Hemmanns anfonk te flöken, schmeet siene gräöflicke Dochter em de Pann off dat Pruockeliesen vör de Fööt, un he schmeet iähr siene äösigen Stiäweln an den Kopp.

Boll daih Hemmanns dat Dümmste, wat he män dohen konn. He fonk an, nao Kuohlen te buohren. Vonwiägen de Zechen was he ut dat Vest wegtrocken, un nu wull he unner Wiesken un Kämp von Wolbieck Kuohlen finnen. Üöwerall stonnen siene Buohrtäörnkes. Sien beste Land hät he för sien „Projekt" verkofft, endlicks auck Piärde un Küh, Schwien un Höhner. Bloss sienen Appelschiämmel wuor nich verkofft, üm dat „Projekt" te finanzeeren.

Simon, Selmas Vader, en gerechten Mann, sagg: „Ji doht nich recht, Graute Lackmann, Elise iähr Land te verschachern äs'n ruodderig Kaninkenfell. Gott der Gerechte hät se nuommen, miene fromme Hannah auck, un en Mannsbeld sägg dann nicks anners äs ‚der Name des Herrn sei gebenedeit'."

„Quater di Quater!“ lachde Hemmanns. „Kaupt mi de graute Hagenwieske aff, Simon! Dusend Daler, hm?“

„Dusend Daler! In’t naichste Jobeljaohr könnt Ji Jue Hagenwieske trüggkaupen, för dusend Daler un kinen Gröskenmähr.“

Un Simon siene Dochter satt met Agnes in de Lustkast un lass von gräöflicke Adolars un Roderichs. Selma was son nüdlick Raisken met schwatte Löckskes un Kiärckhoffsrausen up de Backen.

Elias, haug äs ’n Baum un met füerige Augen, kamm in de Lustkast un gneesede: „Hä, ji Fulwämse, all wier antoch met jue Graofen ut all de däösigen Böker? Schiämt ju wat!“

„Elias?“ schmusede Agnes. „Du sühs ut äs Küönink David.“

„Dumme Üüs! Is de di all in’n Draum in de Möht kuommen?“

„Elias! Du sühs ut äs all de schönen Mannslüde, den ägyptisken Josep, Absalom – wat weet ick! Ick wull di jä gäern äs Absalom an ’n Baum in ussen Deergaoren uphangen.“

„Dat was’n nett Plaseerken. Un ick wull di gäern met mien Schächtmess diene witte Struott düörschnien.“

„Dat konn di so passen, du iäklige Schäöpkesschächter! Sägg bloss, Elias, – wann kümmste denn an Selma iähre Kammerdüör?“

„Huhu!“ lachde Selma schiämig, un iähre Kiärkhoffsrausen bleiheden up.

Elias sien flinke Mulwiärks stonn still. Dann sagg he stuotterig: „Wat en rechten Juden is, de hölt siene West rein un de Wichter in Ähren.“

Nu fonk he harre an te juchen:

„Graof Lackmann sitt upt hauge Piärd,
schalle machai juchhei!
De hät kin Geld, kinen Swienestiärt,
schalle machei juchei!“

„Tom Kuckuck met di!“ krieskede Agnes un schmeet em een von de Graofenböker an sienen Kopp.

Elias keek se met sien Gneesen an. „Du, dienen unwiesen Ollen hät jüst all wier son nett Prozessken verluorn, dütmaol an mi, wisse! Wat hät sienen Buohrtäörn auck up miene Wieske te sööken? Up siene Kuohlen – haha! –, dao bliffs du flassige Gaus büs an dienen unsiäligen Daud upsitten. Sone Hex äs di will doch in't gansse Mönsterland kinen daoren Hammel mähr frien.“

An'n annern Muorn kamm en früemd Wicht düör de witte Paort in de Haböckenhiegge. Se har en wiedden Kuorf an'n Arm un was propper von buoben büs unnen. Midden up den Patt tüsken de wilden Unkrutstrüker bleew se staohen un keek de ollen Baim an, dann dat iährwürdige Hus met siene drieterigen Fenster un de Vuogelschiet an de Balken.

Nicks för mi, dachde dat Wicht.

Dao kamm Hemmanns met sienen Appelschiämmel ut den Stall, satt up un hui – derdüör üöwer Tuun un Hieggen.

„Marjoh!“ reip dat Wicht verschruocken. „Sonen staotsken Kabbaleer, un so äösige Stiäweln! Dao dreiht sick mi jä dat Hiärt üm. Mi dücht, hiär bliew ick.“

Settken

„Wat wustu?“ frogg Agnes, de in de Küöck up’n Disk satt un jüst von den schönen jungen Küönink Konradin lass, de iähr verluorn was. Baise Mensken haren em sienen Kopp affslagen.

„Ick heit Settken un sin ut Alvskiärken,“ sagg dat früemde Wicht aardig. „Elias, wel manks bi mienen Häern Graofen up Schäöpkeshannel kümp, hät mi den Raot giäwen, hiär in Denst te gaohen.“

„Elias?“ verwünnerde sick Agnes. „Un Graofen, ha! Richtige Graofen?“

„Paddong, Mamsell!“ sagg dat Wicht. „Falske sind mi no nich in de Möht kuommen.“

„He wull di an’t Fell, dienen Graofen?“ frogg Agnes draoh.

„Mi? Milltonnähr, Mamsell! Usse guede Graof was met usse Frau Gräöfin mähr in de Kiärk äs up’t Schlott. Twee von de gräöflicken Süöhne sind all Paoters, de eenzige Dochter is bi den Sakerkör. Bloss Alphons, den jüngsten, so’nen braven Jungen, kann jä nich geistlick wärden un mott natürell hieraoten, vonwiägen de Stammhöllerie, versteiht sick, nich?“

„Hieraoten? Alphons?“ flisterde Agnes un keek gen Hiemmel. „Sägg bloss, wu olt is he denn?“

„Up Pinksen nieggen, Mamsell, comme ci, comme ça.“

„Och! Wat schaa!“ sagg Agnes lünten. „Un von so fromme Lüde wustu weggaohen? Hä – sägg bloss, häs du ’t villicht met Elias antoch?“

„Icke? Sakerdiöh! Met’n Juden? Ick sin richtig tauft up Elisabeth Hompelkötter.Elias is bloss en rechtschaffenen Hannelsmann, auck för Wichter, de kine Iärs häwt för ne Mariasch met ’n eenaigten Gäörner. Nee! Iärst recht nich met’n Kutsker, de mi to en Randewu ächtern Kohstall bekühren wull un de nachts liederlicke Leeder unner mien Fenster sungen hät, Schangsongs, Mamsell, nee, sowat! Den alleriärgsten was de wittköppske Schang, de mi bi usse Bedeihnen an de Tabeldot met all de fienen Gäst ümmer kieddeln daih, den Liderjan, un ick sin doch so kieddelsk, Mamsell."

„Dunnerkiel!" juchede Agnes. „Du gefäölls mi, Settken, du met dien französk Mulwiärks. Dat was wull so de französke Manneer von diene Graofen? Wi häwt kinen Gäörner un kinen Kutsker un kinen Schang för't Bedeihnen. Mienen Ollen, wisse, de verkick sick nich in diene Summervüögel un dienen rauden Kopp. Wu olt büs du denn, Settken?"

„Up Sünneklaos an Mitt twintig, Mamsell, met Verlöf."

Et was nich anners, äs wenn Elise en gueden Geist schickt här.

„Settken, du büs'n Siängen!" lachde Agnes, de nu iärst recht Tiet för iähre Graofen har un büs teihn Uhr schleip.

„Settken, dienen Bookweitenpannkoken schmelt mi up de Tung," sagg Hemmanns. „Un dien Düörgemös kann an kine Graofentaofel biätter smaken."

„Och – Häer –," stuotterde Settken un wuor rausenraud, wenn he iähr – nich anners äs sienen Appelschiämmel – up de Krupp schloog.

Settken har blanke Tiähne un stramme Küten un ne gemötlicke Wackelmäs, so'n düftig Achterpäntken, so äs wenn se ächtern Ploog juckeln daih.

Hemmanns wuor sien Piepken stoppt, un Settken trock em de drieterigen Stiäweln ut, wenn he von siene Buohrtäörn kamm. Siene Bucksen wassen büögelt, sienen Rock büörsselt, un he kreeg wier dat Utseihen von en Mann von Stand, de wat te melden hät.

So maneerlick konn Settken iähre Backen upblaosen, wenn se met'n Püster sien Härdfüer anpusten daih. Iähre ganze Kontenangse har sowat Gräöflickes an sick, wenn se von ‚blümerant' un ‚grande Malöhr', von ‚Nuwerrong' un ‚Pedrullje' kürde. Met en witt Tändelschüöttken daih se updisken. Pellkartuffeln wuorden jüst so fien anbuodden äs ‚Kaberno' off ‚Pullar' un ‚Anterkot'.

Settken hät Gemös trocken un düer verkofft, Holt hackt un ‚ton iärsten, ton twedden, ton diärden' löss slagen. Se verstonn, den rieksten Juden in't Oahr te föhlen.

„Häer!" sagg se vergnögt. „Nu langt dat Geld all för twee Fiärken. Ick mein doch, en Schwien mott de Mensk häwwen, ne Koh auck, un en paar Höhnerkes. Wat düchte Ju, Häer? Sall ick Jue sueren Wiesken an Elias manövreeren? Comme ci, comme ça. Häer, kümp alls up'n Versök an."

„Doh, wat du meins, Settken!" lachde Hemmanns. „Miene sueren Wiesken, de köff di nich äs den Supsack Jans aff."

„Nuwerrong, Häer –."

Aobends hät Elias sick in de Fiädern wäöltert un dacht, nu hät dat leige Äösken mi doch drankriägen, un ick Dussel häw iähr no teihn Dalers toleggt.

Endlicks konn Settken ne Koh kaupen un green vör Siäligkeit bi't Melken. In'n Winter hongen wier Specksieden un Schinken in den Wiem, un dat Piäckelfatt was full.

„Settken, du büs usse Engelswicht!" reipen Maria un Liesebeth un Pailken, äs se ut iähr Klauster in Vakanzen kammen. Settken konn so schön ‚Krup, Vösskén, düör den Tuun' spiellen un grieselick vertellen, von Kuort Iell schmaal Laak un all de gizzigen Rentmesters, de in de Dawert met annere leige Völker spöken mossen.

Män, äs Hemmanns eenes Dages Geld von Settken lehnen wull, sagg se: „Döht mi leed, Häer! Kinen Luidor is in mien Pottmannee. Mienen Lauhn steiht all lank trügge, – och, dat bedüt mi riäng, reineweg riäng, Häer! Laot susen, denk ick. Ji könnt Ju sölwst üöwertügen, Häer, dat ick nicks verwahrt häw."

Settken namm em met in iähre Kammer üöwer den Büehn un pock deip int Strauh un daih nicks dervon verraoen, dat de Pastor iähre hatten Dalers bi guede Persentkes in de Kiärkenkass liggen har.

„De Düker sall mi halen!" lachde Hemmanns. „Son Kämmerken kann jä wull no ’n ollen Kapsiner wehrig maken.“ Un he pock sick dat leckere Wicht.

„Nee, Häer, nee!“ stüöhnde Settken met bierwerige Knei. „Heilige Jungfrau von Lourdes, staoh mi bi! Ick will alls för Ju dohn, Häer, män bloss met en Rink an mienen Finger. Süss – nee! Leiwer mienen unschülligen Kopp unner de Gijotin, sakerdiöh!“

„Waorüm wul kinen Rink an son düftig Händken!“ lachde Hemmanns.

Settken leip ut de Kammer in den Kohstall un leggede iähren rauden Kopp an de Bläss.

„Wat sall ick bloss maken?“green se. „Wenn ick der doch bloss nich so wahne närrsk up was! Wenn he mi met siene blitzerigen Augen ankick, dann wäd mi dat gans binaut, owwer he is sesstig, un icke? Oh, Maria hilf! Leiwe Mutter von Telligt, laot dien Kind nich von diene Hand!“

Doch nu gonk en Dunnerslag up den Hoff dal, wo kin Mensk met riäknen konn.

De beiden Grenadier

Buten lagg haugen Schnee, et gonk up Wiehnachten to. Angel un Aantendiek wassen tofruorn. Äs witte Wolk stonn de Deergaoren unner den iesig blaoen Hiemmel.

Settken was jüst daobi, Elise ïähren maolerisk bunten Upbau von Krippken un Stadt Bethlehem tüsken Dannen te setten. Tofriär keek se sick iähr Wiärks an, äs se tesammen schrock.

Ächter iähr sagg ne deipe Stimm: „Gueden Dag auck, un is düt Graute Lackmanns Hoff?"

„Mariandjosep!" reip Settken un daih sick bekrüzigen. Unner de Düör stonnen twee Bären, ruhbästig in Fell, auck up de Köpp un an de Beene Fell. Se schmeeten iähre Knappsäck aff. Iähre langen witten Haor un Bäörte haren dat Utseihen von Piärdemiähnen.

Dao kamm Hemmanns binnen un sagg fröndlick: „Gaoht in de Küöck, guede Lüde! Settken kann ju Iärwtensupp upwiärmen, un dann makt ju wier up'n Patt. In drei Dage is Wiehnachten."

„So, so?" gneesede de gröttste Bär. De annere nickede met'n Kopp äs 'n Permtickel.

„So, so? Un du meins, Bröerken, dat du up düssen Hoff de Häer büst?"

„Wat kürs du dao?" gruollede Hemmanns. „Herut met ju ut de guede Stuowe!"

„Hahaha! Dat is mi jä'n posseerlick Dingen. Du denkst, Bröerken, ick har Iärs, nao diene Piep te danzen? Wat büs du denn anners äs mien klein Bröerken, wat domaols in de Weige lagg, äs Ludger un ick wegmossen? Oh, mien leiw Bröerken, diene beiden grauten Bröer mossen weg met dat Kontingent Davout nao Moskau. Miärkste endlicks wat, hä? Düt is mienen Hoff, Bröerken."

Hemmanns gonk't rund in sienen Kopp, un Settken flisterde ganz verfiert: „De Welt geiht unner."

Dao kamm met iähr Tralala Agnes binnen, un forts stonn dat Permtickel still, un de Bär sagg: „Mille tonnerres de dieu, quelle beauté!“

„Dunnerkiel, Broer,“ reip de gröttste Bär.„Is den akkraoten Flasskopp diene Dochter?“

„Huhu!“ lachde Agnes, „wat gefäöhrlicke Iesbären!“ Un se trock an de langen Bäörte.

Hemmanns satt an den Disk un dacht, sin ick in de Kindheit un kann kinen Rüen mähr von'n Schapp unnerscheiden?

„Büste klaor, Broer?“ De graute Bär leiht sick schwaor up'n Stohl fallen. „To, gaoh sitten, mon ami Henri! Düt is mienen Stohl un mienen Disk un mienen Hoff, so waohr ick Johann to Lackum nömt Graute Lackmann sin. He du! Mienen ollen Hoff in Bieckhusen häs du Riäckel an dienen Jagdkumpan verkofft un ussen Naober Timphues siene Bruut stuohlen, – dat hät he mi gistern sölwst vertellt. Nu sitt ick hiär un will mien guede Recht. Ick sin kinen dusseligen Esau, wel sien Recht tieggen 'n Kump Iärwtensupp verköff. Ick alleen sin de Iärwe, siet ick ussen ölsten Broer Ludger in de Beresina häw versupen seihen. Du, mon cher ami Henri, du büs mien Tüge.“

Forts fonk dat Permtickel wier an te wackeln.

Liekenwitt leip Settken in de Küöck, schmeet Holt in't Füer un biädde met fleigende Lippen: „Hilf Maria, es ist Zeit, un pass bloss up, dat de Wöstbrak von Bär mienen Ollen nich den Hoff wegnimp!“

Agnes wuor wahn vergnögt un schmusede met den Früemden: „Ohme Johann, ick will di dat wull glaiwen, dat du sienen rechten Broer büst, du met diene glitzerigen Augen un dienen dullen Kopp!“

„Holl diene äösige Schnut!“ krakeihlde Hemmanns un gaut de beiden Grenadier Mönsterlänner ut siene Kruk in Stämpkes.

„Ah! Hah! Henri, nich, dat döht gued? Wi wassen alle beide doch den Wodka so leed,“ lachde de graute Bär.

L.
KÖ
KÖ

„Henri is mienen besten Frönd. He was Sergant in't Kontingent un alltiet gued to us westfäölske Jungens, nich, Henri? Nu will he pattu wier in siene Normandie un sienen Calvados drinken, den Appelsnapps. Alles wassen wi beiden leed, de langen Winters un dat hatte Fasten, nicks äs drügen Fisk un Grütz. Dao häwt wi usse kuranten Müöhlen an usse Ölsten giäwen. Usse leiwen Wiewkes wassen all lang daut. Jä, un nu sin ick hiär un will mienen Hoff, Broer."

„Lumpenpack! Leigenbühel!" krieskede Hemmanns un knallede de Fuust up den Disk.

Nu kamm Settken met de Iärwtensupp. De Bären schmeeten iähre Fellmüsken aff un mooken sick an de leckere Supp met Mettwuorst un Rippkes.

Agnes verwünnerde sick üöwer dat spassige Wamswiärks met de breeden Liäderreimen un de bunt stickten Bäördkes. De langen witten Haor wassen mitscheitelt.

Johann wuor nu gans gemötlick un vertellde tüsken jeden Liäppel: „Siet dat leste Fröhjaohr unnerweggens, iärst met ussen Sliedden un dann met ne Kaor düör de Polackei, un in dicken Niäwel un Riängen büs Berlin, un antlest met de Iesenbahn, – un nu sind wi in Hexenwolbieck, hahaha!"

Dao sagg dat Permtickel sacht: „Ah, Mademoiselle! La beauté et la paix, quelle plaisir!"

Agnes verstonn gar nicks, män se dachde, wu kann ick de ollen Mannslüde helpen. Un se is ut de Stuowe buorssen un hät luthals kriesket: „Pappa! Usse Schüer steiht in Füer!" Dao leip Hemmanns füsk herut, un Settken daoächterhiär.

De beiden Grenadier pocken sick de Kruk, un met all den Fuesel wuorn se so vergnögt, dat se met de Füüst up den Disk truommelden un gräöhlden:

„Allons enfants de la patrie,
le jour de gloire est arrivé."

„Häer!" sagg Settken in de Schüer, de gar nich in Füer stonn, „Häer, niähmt doch Verstand an! Mi dücht, dat is kinen Kommeddigmaker, kinen Schaluh met ne Kronnikschandalöh. Ick will der eenen Eed drup dohen, dat he juen echten Broer is. Met Verlöf, Häer, jagt de ollen Suldaoten nich von juen Hoff! De Dullkopp geiht nao en Affkaoten, un Ji häwt doch all Juen teihnten Prozess verluorn." Dann flisterde se em wat int Oahr: „Häer, ick häw an sienen Knappsack packt, – dao sind hatte Dalers drin. Geld, Häer, dat ruk ick hunnert Dage tieggen den Wind."

„Is gued, Settken," gnuerde Hemmanns.

Äs se in de Stuowe trügge kammen, schleipen de beiden Grenadier fast.

„Pst! Agnes –?" runede Settken. „Laup hennig nao Simon! De hät de Kurasch wisse un kick sick de Dalers an."

In'n Augenslag kamm Agnes met Simon, un sachtkes häwt se den Knappsack in de Küöck bracht.

Simon greip en dick Säcksken herut. Nu lagg dat dao up den Disk äs'n gleinigen Knubben. Simon mook de Augen to un leiht ne Masse Dalers up den Disk kippen.

„Gott der Gerechte!" sagg Simon un namm siene Müsk aff.

„Gott der Gerechte!" Settken foll in de Knei. „Wat – wat is dat –?"

„Echte Goldrubels, Graute Lackmann," sagg Simon andächtig." Hiär den Adler, hiär den Zaren, un wenn ick dat män üöwerschlaoh, so sind dat an de füfteihndusend Dalers un mähr."

Settken wuor't binaut. „Häer! Dat bedüt 'n ganzen Stall vull Schwien un Küh, un wi könnt villicht sogar 'n Pauenvuogel kaupen, sonen Radsliäger, Häer, bedenkt dat bloss!"

„Doh forts dat Geld der wier in!" kummandeerde Hemmanns. „Mien Liäwensdage häw ick kinen Pennink stuohlen."

„Wel kürt von Stiählen?" sagg Simon, streek an de Ränn von de Rubels hiär un beet up jeden met de Tiähne. „Jagt bloss sonen Broer nich von Juen Hoff! Un wenn in den Franzmann sienen Knappsack auck soviell Gold steck, dann laotet em hiär Öhm an de Müer wärden. Glieks vandage will ick an Amschel Rothschild sienen Ölsten nao Frankfuort schriewen. De weet Bescheid. De mott jä oft noog nao Petersbuorg, wenn de Zar in de Pedrulljе sitt. Amschel sienen Ölsten, de hölt wat up mi un tusket Ju up'n Pennink genau düsse Goldrubels in hatte Dalers üm."

Äs de Bären wach wuorn, hät Settken gueden Kaffee kuockt un iähren Wiehnachtshannigkoken updisket.

So is alls freidlick affgaohn, un auck Simon leit sick den Koken gued smaken. Johann un Henri mossen vertellen. Un wat Henri französk vertelde, dat hät Ohme Johann no eenmaol vertellt.

„Hä! Wat was dat doch för ne Aventür met de vermaledeite Beresina! Usse Ludger was jüst midden up de Brügge, dao krachede dat Aos kaputt, un alle laggen tüsken de Iesschollen. Ludger sienen Kopp – weg was he un kamm nich wier haug. Henri meinde, Swemmen lährt sick auck nich in Daudesangst, nich, Henri? Wie höärden all dat grülicke Kriöhlen von de Kussacken un sind derdüör buorssen. Nachts häwt wi en schuerlick Hülen höärt un de gleinigen Lechter von graute Warwülwe seihen. Met usse Püster häwt wi äs unwies up de Satansrüens lösshauen, nich, Henri? Wat sallden wi süss wull maken, nich, – äs wi doch kin Pulver mähr up de Panne haren. Jä, un dann lagg dao midden in den Schnee ne Watermüöhl an de Beresina. Wi tappkeden int Düstere in de Müöhl, un en Wicht fonk harre an te bölken, so äs wenn de grande armée iähr ant Fell wuoll. Dann hät se miärkt, dat wi brave Jungens wassen, un hät us in't Strauh up'n Balken verstoppt. Un dao lagg all'n anner Wicht in't Strauh verstoppt, dat hät siälig schreit: „Mon dieu, la grande armée!" Dat was niämlick en französk Kinnerwicht. Äs de Russen se daudslagen wullen, hät dat Müöhlenwicht se verstoppt. Jä, un dann kamm kin Mannsmensk mähr ut den Krieg trügge in dat Duorp. Dao wassen bloss no steenolle Opas un kleine Jüngeskes. Ha, wat wassen de Lüde doch froh, äs Henri un icke de Müöhl wier antoch kreegen! Siet Waterloo was jä endlicks Ruh met den verdammten Krieg. Wi häwt de leiwen Wichtkes hieraotet un sind düftige Möllers wuorn. Nobless oblisch, nich, Henri?"

„Pappa!" reip Agnes, „iäwig schaa, dat du den Kaiser Napolium ut't Fenster schmietten häs! Nu hänk he bi Fritz Kocks in de Gaststuowe, iäwig schaa!"

„Ussen Emperör?"stuunde Johann un wull stantepee to Fritz Kocks.

„Villicht kenns du den ollen Fritz sogar, Ohme Johann?" meinde Agnes. „De was doch auck bi dat Kontingent un is met affruorne Fööt nao Huse trügge kuommen."

Fritz Kocks satt ächter siene Tönebank, dat kolle Piepken tüsken siene beiden lesten Tiähne, un he schleip met'n rein Gewietten.

„Kanns di up den besinnen, Ohme Johann?" frogg Agnes.

Nee, dat konn he nich, un Henri konn dat auck nich. In't Kontingent wassen jä an de twintigdusend westfäölske Jungens west un haren Kopp un Kragen för den Emperör riskeert.

„Pst! Ohme Johann, hiär hänk he," flisterde Agnes. Un dao honk he, un drunner 'n Uolglämpken äs unner't Krüz.

De beiden ollen Grenadier stonnen stramm un saluteerden. Träönen leipen iähr in de Bäörte, un se reipen gans heesk: „Vive l'Empereur!"

Wiehnachten

Dat Härdfüer flackerde. Tuttkewarm satt Ohm Johann in den Backenstohl, Settkens Küssen in't Krüz.

„Mien Füer," knüösselde he vör sick hen. „Mienen Backenstohl, mienen Schnee, miene Wallhieggen, so dick un rund äs 'ne Suege."

Von dat Schneedriewen was de Stuowe düster. Johann konn bloss dat Füer seihen un den Schien, de up de Eekenschäpp un dat Kuopper un Tinntügs danzede. Et ruock so brönstig nao dat Wuortelholt un den anbrannten Knubben, un ut den Wiem von Settken iähre Specksieden un Schinken.

Henri, so'nen Fulwams, was all in de Fiädern kruoppen. Möde was he auck, de olle Johann, von all de Wiehnachtsfierie un Friätterie. Siet de Middenacht nicks äs Biädden un Singen, drei lange Wiehnachtsmissen un soviell Wiehrauck, dat 't Johann ganz binaut was. In jede Miss har he met Henri sungen, vull von Hiärtensdank, dat se met Hiemmelshölp alle Aventüren von de Beresina an so gued bestaohen haren.

De Pastor wull pattu wietten, wu dat Leed up Dütsk heite. Dao is olle Johann an den Altaor gaohen un hät sick unner de Missdeiners stellt.

Luthals hät he dat lange russiske Leed för de Wolbieck-sken up Dütsk sungen:

„Gott mit uns, vernehmt es, ihr Völker!
Aufstrahlt das Licht durch Christus.
Wohlan, so bringet die Gaben dar,
der Myrrhe Todesweihe,
des roten Goldes Prunkgeschenk,
des Weihrauchs Opferkorn
dem Hehren, Unsterblichen,
dem göttlichen Kinde der Jungfrau!"

Dat was wull wat, nich! Un dat hät olle Johann met achtzig Jaohr sungen, dat de Kiärk wackeln moss, so gewaoltig kamm em de Stimm ut de Buorst. Ganz andächtig dalkiäcken häwt de Mannslüde, un de Fraulüde fongen an te grienen.

Nu satt Johann hiär in sienen Backenstohl un wull up sienen Hoff stiärben – nee! Haolt! Haolt!

Äs Johann so wiet in sien Simmeleeren was, hät sien Hiärt wahn tieggen den Daud antuckert. Nee, no lank nich stiärben! Ha, wat was dat doch son lecker Fröhstück met Settken iähr Wuorstebraut, un den Schinken un de Mettwuorst! Un Middags hät Settken ne Gaus updisket, de ut den Buuk backte Prumen un Äppel fleiten leiht. Nomdags stonn ne Masse Kaffee up den Disk, Speklazi un Hannigkoken. Dao kammen siebben olle Grenadier to Besök, un wat wuss Ohme Johann nich all's te vertellen?

„Sire!" häw ick säggt, „Sire, wenn dat män gued geiht! –"
„Ick moss jä bi ussen Emperör äs Garde in den beschiettenen Kremel bliewen. He leip hen un hiär, de Hänn up den Puckel, un he sagg män ümmers ‚Anavang! A Paris!' Jä, dacht ick, moss auck können! Un ick sagg – ‚Sire-, sagg ick, ‚ganz Moskau in Füer un ganz Russland in deipen Schnee, dat is'n nett Malöhr, will mi schienen, Sire –."

Johann moss sick ne Träön ut sien Auge wisken. Un dann häwt alle Grenadier tesammen sungen:

„Verschränkten Arms stand einst vor Toulons Mauern
im grauen Oberrock der junge Held –."

Allbineen fongen se an te bölken bi dat geföhlvulle Leed, un kreegen bloss no ganz heesk ne naichste Strope herut:

„Des Adlers Schwingen lähmten Elemente,
in Russlands Eis der Siegesglanz entfloh –."

Ohm Johann daih sick in sienen Backenstohl riäkeln. Siebben olle Grenadier! Jau, wat sonen rechten Mönsterlänner is, de konn licht hunnert wärden. Johann keek in't Düstere un lusterde up dat Tuckern von sien Hiärt. Was dat

C + M + B

sien Hiärt? Nee, de Daudenwuorm tickede an den Sark von sienen Emperör.

Gehuske in't Hus, Rättkes, Kättkes, Müskes? Olle Johann schleip in.

De drei Wichterkes, Maria, Liesebeth un Pailken, kraupen met Lachen in den grauten Eekenkoffer. De schwaore Dieckel schloog to. Se wisperden no in den Koffer, – nu konn Settken se nich finnen.

Johann wuor wach, äs Settken frogg, off he de Wichter seihen här. „Nee!" Dat leiwe Settken!

De drei jungen Döchter wassen in Wiehnachtsvakanzen, schü, maneerlick, schaneerlick, manks auck totrulick. Pailken satt aardig up Henri siene Knei un kürde akkraot Französk, wat se in iähr Klauster lährt har.

„Ma petite blonde!" schmusede Henri, un Pailken sunk ant Krippken met iähre Engelsstimm:

„Entre le boeuf et l'âne gris
dort dort dort le petit fils. –"

Johann moss ut Hiärtensgrund gapen. In sienen Kopp was sonen däösigen Swiemel, un sien Hiärt mook ‚tuck tuck tuck'. Nu was Johann met eens hellwach un höärde 'n anner ‚tuck tuck' gans dicht. „He, sitt do eens in den Eekenkoffer?" Was dat de Daudenwuorm? Johann keek up dat Kuoppergesling an den Dieckel un lusterde. Dann hät he sick schwaor büs an den Koffer schlüert. De Dieckel was dick äs'n Sarkdieckel. Johann har siene leiwe Naut, stüöhnde hatt un daih met siene leste Kraft den Dieckel upstemmen.

Halfdaut schloogen de drei Wichter de Augen up un steegen ut iähr Daudenhus.

Ohme Johann lagg dao lank, un met en gans sinnig Lachen üm sienen witten Baort. De Wichtkes follen in de Knei.

De Pastor hät em begraben. Henri un de siebben Grenadier stonnen an't Graff. Fritz Kocks hät sienen Püster affschuotten. „Au revoir, mon ami!" sagg Henri

Henri wull nich Öhm an de Müer wärden. „Ma petite blonde, ma chérie!" sagg he, un Pailken honk em an'n Hals. „Au revoir, mon cher oncle Henri!"

„En grauten Jammer, dat he weg ist!" green Settken trurig un keek ächter de Postkutsk hiär. „Häer, üm dat te säggen, – ick konn den Musjeh doch nich siene Goldrubels wegniähmen, nich? Dat daih Ju wull kinen Siängen brengen."

„Nu kann he mi nich mähr mienen Hoff strietig maken," sagg Hemmanns düster.

„Alla Bonnöhr, Häer!" lachde Settken.

Kneipp à la mode

„Ick will mienen Ollen häwwen, ick will mienen Ollen häwwen“, green Settken un daih sick in iähr Taskendöksken schnüten. „Ick will kinen Abslaihsken Küötter, ick will kinen Affstand von dusend Dalers.“

De drei Doktors Wilm, Anton un Ernst wassen ganz verfiert von Settkens Hülerie.

„Stieselige Däern!“ schimpede Anton, „schiäms di nich, dat du usse Familje so blameerst?“

„Icke?“ Settken iähre Summervüögel wuorn dunkelraud. „He döht Ju blameeren, he met siene haugmödigen Süöhne, he met siene Buohrtäörnkes un siene Prozesserie, – icke nich, sakerdiöh!“

„Jüst den twiälften verluorn!“ gnuerde Ernst. „Un sowat von'n ollen Bankrotteur wustu junge Wicht hieraoten?“

„Denkt an dat Veerte Gebot, Dokter Ernst! Ick weet, dat all dat schöne Geld von Ohme Johann paddüh is un de Hyptheken em boll to Daude drückt.“

„So? Dat sühste in, Settken?“ sagg Wilm fröndlick. „Un du wuss doch dien klooke Köppken riskeeren?“

Settken nickede bloss un satt pielup. Se streek sick dat raidlicke Haor ächter de Oahren.

Nu will ick ju wiesen, wat ick sin, dachde Settken, ick, ne arme Küöttersdochter, ju Studeerten!

„Höärt mi äs gued to, Doktor Wilm!“ sagg se schü un met iähr unschülligste Lachen. „Juen ölsten Broer is daut. Nu niähmt Jue Iärwe waohr! Stüert Juen Vader ut –, ick weet wull son passabel Hüüsken up den Eschk, Land noog, üm satt te wärden. Un he kann up sienen Appelschiämmel lössgalopeeren un met Füörster Lütteken up Jagd gaohen.“

„Süh süh!“ gneesede Anton.

“Män to, Wicht!“ sagg Wilm.

„Ji häwt doch de riekste Pattie makt, Doktor Wilm, met Jue fiene Elisabeth. De Madam hölt wat von mi, dat weet ick. Ick geluow Ju, dat mienen Ollen kinen Prozess mähr anfänk ut lutter Dullerie. Siene Buohrtäörnkes kann ick düer bi den Juden Isaak Rosenbaum in Mönster äs Schrott löss schlaohn. Ick will jä nicks anners, äs dat mienen Kabbaleer up siene ollen Dage frie von Suorgen is. Un Ji, Doktor Wilm –? Hm, baut doch hiär up den Hoff en Kurhus, wo dat Volk sick met kolt Water kureeren kann. Wat düch Ju? Kneipp à la mode –?"

„Nich schlecht, Settken," lachede Wilm. „Dat mott bedacht wärden."

„Un du dumme Däern kriggs den iärsten Blitz upt Fell," gnuerde Ernst. „Dann vergeiht di de Hitz un all dat Plaseer met ussen Ollen."

„He! Ji!" reip Settken. „Ji denkt wull in Juen leigen Kopp äösig Tügs von'n brav Wicht? Ha, ick laot mi von kin Mannsmensk up't Krüz leggen. Ick sin nich makt för Juspri-nokt, un Magd un Häer met ne Spiellerie in de Fiädern. Ick will äs witte Bruut an den Altaor staohen."

De drei Doktors mossen lachen. „För ne Küöttersdochter wees du dien Woart te maken," sagg Anton.

„Mienen Ollen mott ut all siene Pedrullje. Un dann – schafft em de Hex, dat flassköppige Aos, von sienen Hals! De krigg in't ganze Mönsterland kinen Brühm. Villicht sitt in't Paderbüörnske off in't Suerland no sonen Dussel, wel dran sien Delekteeren hät. Däösköpp gifft jä mähr äs noog."

„Kneipp à la mode?" simmelleerde Wilm naodenklick. „Mag sien, dat wat dran is, un kranke Lüde sick dran delekteert –?"

Et was wat dran. Met Wilm kamm siene schöne Elisabeth un iähren Vader, son spassig Männken ut den Kuohlenpott. Beide keeken sick üm in Gaoren un Deergaoren.

„Herrlicher Garten!" sagg Aloys, de 'n rechten Duwenvatter ut Baukum was un sien vielle Geld met Ammenbeer makt har.

„Hier müßten lange Alleen bis an den Tiergarten laufen,"

sagg de schöne Dame. „Linden, Tannen, Ulmen, vielleicht auch Platanen. Allein zum Wandern nach der Kneippkur –".

Hemmanns keek siene Schwiegerdochter an, de löchtenden Augen, dat schwatte Haor in son fien Geflecht, – was se nich Kaiserin Elisabeth 'n lück iähnlick?

Siet dusend Jaor wassen de Büörger von Baukum an't Beerbruen, stark schuumig Beer. Män Aloys was viell te fromm un wull kinen Kumpel dick maken. So gaff he sick an't Bruen von lecker Maoltbeer för de Biärgmannsmeersken, de Möderkes met den Trupp von Blagen. Se drunken sick satt an dat sööte Ammenbeer, dat de Miälk nich verdrügen leit.

„Was meinsse, Elisabeth?" sagg Aloys in sien gemötlicke Baukumdütsk. "Kommsse heute nich, musse morgen nachsitzen. Dokters in Baukum gibt's doch genug, umme Ecke un auffe Strasse, wohin de kucks. Aber hier? Kneipp à la mode! Der Herr hat es in seine Gnade Pfarrer Kneipp offenbart, als der mit seine Schwindsucht vor lauter Not im Wasser sprang."

Schü un still satt Settken tüsken all de fienen Lüde, ne Magd, de von Nicks un Wiernicks to ne Meerske wuorn was. Se leip nich met Madam Elisabeth düör lange Alleien. In iähr Köppken leipen lange Tahlen büs an den Deergaoren. Dann hät Aloys den Pries betahlt, üöwer den annere rieke Lüde bloss harre lacht haren.

So kamm Hemmanns up siene ollen Dage to en stattlick Hus up'n Eschk, un – oh Wunner! – nu fonk he an, för de Wolbiecksken Prozesskes te winnen, he, de sovielle verluorn har. Settken was so stolt.

„Siene Vörsiätten sind jä all bi de Hillige Feme düftige Rechtsverdreihers west. Kin Wunner, dat he sick drup versteiht! Bloss in siene eegene Saak was he alltiet viell te nobel, mienen Kabbaleer!"

So wassen boll all siene Dullerien vergiätten. Äs he eenes Dages för den rieken Simon nao Berlin moss, üm ne ganz

twiärsse Angeliägenheit an'n gueden End te brengen, wassen de Wolbiecksken ut Rand un Band un reipen: „Junge, de kümp no in'n Rieksdag un slött Bismarck wat üm de Niäse".
Jä, waoto Kneipp à la mode nich gued is!

Selma

„Selma!" gnuerde Agnes, äs de beiden Wichter wier äs in de Lustkast satten. „Wi müettet beide von de Straote, hauge Tiet. Ton Düwel met alle Graofen, un up usse Angel kümp auck kinen Lohengrin met sienen Schwan heran."

„Du – Agnes?," flisterde Selma blai. „Ick sall boll noa Hambuorg reisen, sonen wieden End met de Bahn. Ohme Abraham un Tante Betty häwt dao en Frier för mi sitten."

„Dunnerkiel!" lachde Agnes, „Dann män to, mien Selmaken!" Se keek iähre leiwste Fröndin an un dachde: Arm Dierken, du met diene Blootspiegerie un diene Kiärckhoffsrausen, du sööte, armsiälige Schneewittken!

Äs Selma von Hambuorg trügge kamm, green se bitterlick an Agnes iähre Schuller. „Huhuhu! Aaron, – de hät sonen schwatten Baort, dao sin ick bang vör. Män dao was sonen annern, Samuel Davidsohn, en ganz fienen, de hät mi ne Raus bracht un säggt ‚Die Rose der Rose.'"

„Ha!" reip Agnes, „den kriggs du, Selma, den pack ick ant Schlawittken, dienen Rausenschmuser!"

Jeden Dag hät Agnes in de Lustkast Selma Breefkes dikteert, ganz rausige Breefkes.

„Herzlieber Herr Davidsohn! Tränen benetzen dies Papier, und meine Hand zittert –." Dann schennde Agnes: „Schriew nich so fiengestuocken, süs glöff he di dien Sittern nich –."

Wat Samuel sick dacht hät, dat mag Jehova wietten. Män an eenen pieckschwatten Dag kamm 'n Breefken, son fien, parfümeert Kärtken, wao up stonn, dat Samuel sick met ne Sieglinde Herzleben ut Blankenese verspruocken har.

Selma speeg Bloot in iähr Spitzendöksken. Agnes wuor wahn, schmeet iähr Ächterpant un gonk rigasweg to Elias.

„Du, – Elias –," schmusede se week. „Wenn ick di met diene Kaor un diene Hammelbraodens nao Mönster jagen seih, dann büs du nicks anners äs den füerigen Elias, wel met sienen Füerwagen gen Hiemmel jachtert."

„Hm?" mook Elias. „Wat häs du praot in dienen dullen Kopp, witte Üüs?"

„Sägg bloss, Elias, – kanns nich Selma frien, Selma met Simon sien viele Geld?"

„W a a a a t?" stuotterde Elias. „Ick sall – – ? Mi hät doch nich de Ülk biätten. Ick häw doch all länks ne Bruut, de Dochter von den vossigen Salomon von de Ludgeristraot."

„Ha! Du Riäckel, du Lümmel! Son vernienig Heimlickdohn! In de Höll met di to den rieken Prasser, un de arme Lazarus sall di up dienen Kopp spiegen!"

„Schiär di weg, leige Hex!" krieskede Elias.

Agnes gonk stantepee to dat hennige Uhrmakerken Manes, wat met siene Moder in en kommod Hüüsken wuohnede. Manes was sonen Fienen, de bloss haugdütsk küren daih.

„Schönen guten Tag, liebwertes Fräulein Agnes! Ein Goldkettchen gefällig für's liebliche Hälschen? Spottbillig und auf Kredit, – der Herr Papa ist doch wieder in Ehren zu Geld gekommen – hm?"

„Hoall diene Schnut, Manes! Ick sin auck ohne Goldkettken de Schönste von't Mönsterland. Du – Manes, wenn du Selma frien döhs, brüks di gar nich mähr affteplacken met diene dicke Brill un de kleinen Uhrenrädkes."

Manes kreeg kine Pust mähr, he moss sick setten. Dao kamm siene Moder ut de Kammer hümpelt.

„Wat höär ick? Hieraoten? Mienen Manes, wat? Gifft nich, sägg ick. Manes döht Bendine Meyers ut Warenduorp hieraoten, Uhren to Uhren, Gold to Gold. Icke will kine Kiärckhoffsrausen begeihten."

„De Bengelrüe sall ju beide halen!" flisterde Agnes düster, un knallede de Ladendüör ächter sick to.

Jä, dat arme Selmaken lagg boll äs wunnerschön Schneewittken in 'n Sark. Dat nüdlicke Wichtken har sick to Daude spiägen, un Agnes was dat Liäwen leed.

Eenes Dages stonn se vör den Speigel, äs Settken binnen kamm.

„Lütt mi dat Schwatt nich gued, Settken? Auck in all miene schwaore Truer üm Selma sin ick doch met jeden Dag schöner wuorn.“

„Kanns di nicks vör kaupen,“ sagg Settken nöchtern.

Agnes moss deip stüöhnen. „Miene Patronin Agnes har weinigstens en himmlisken Brühm un leit sick sogar för em dat Köppken affschlagen. Un icke? Ick häw nich äs den daorsten irdisken Brühm.“

„Wees wat? Laot doch äs son nett Inserätken in't Blättken setten! Dat treckt.“

Twee Friers häwt sick meldet, en Witmann met sess Blagen, un en Jünklink, de schreew: „Bin noch Jünklink mit zweiundvierzig und genau soviel Morgen Land.“

„Mienen Raot, Agnes!“ sagg Settken. „Niähm den Jünklink! Sess Blagen sind sess toviel för sonen Bessen äs di. Laot dienen Jünklink iärst nao Mönster kuommen, dat höärt sick för Lü von Stand un kann em bloss imponeeren. Du häs auck 'n Gardükor neidig. Toni, diene ölste Süster, sall dien Gardükor sien, – de versteiht sick up't Fiendohn. Un iähre Dochter Emma mott auck daobie sien, dat lütt gued, son unschüllig Wicht bi ne Frierie.“

Agnes nickköppede naodenklick. „Villicht is he en Graofen, Settken?“

„Nu jä, – tweeunvettig Muorgen Land, – dat is wull'n lück weinig förn Graofen. Mag sien, dat he all tweedusend versuoppen hät? Laot alls män drup ankuommen, Agnes. Ick will di auck wull mienen Blomenhoot dohn.“

„Auck diene nien Knöppkesschoh, Settken?“

„Klaor, gäern! Un miene Spitzkenhandsken kanns kriegen. Hauptsak, du benimms di gräöflick un demödig, comme ci, comme ça, sakerdiöh.“

„Graof" Fronz

„Wenn dat män gued geiht," stüöhnde Settken un daih drei Rausenkränze biädden. All tweemaol was nicks drut wuorn. Äs Fennand ut den Krummertimpen Agnes frien wull, lachde se: „Büs an mien siälige End dien Kohschiätgesicht ankieken? Brrr!" Un äs Hubert ut de Dreckstraot üm iähr frien wull, reip se: „Leiwer in't Aalfatt sitten äs bi di up't Sofa!"

Nu was Toni, de met ne graute Gastwäertschop un iähren Josep gued versuorgt was, wahn stolt up iähr Gardükor. Toni trock sick twee raskelige Unnerröck an un ihr griese Kleed met den Spachtelspitzeninsatz, daih sich ne Granatbroske midden up de Buorst, un up iähren breeden Hoot satt ne dicke Plörös.

Emma, en haugschuotten Wicht von füfteihn, moss iähr witte Prossjohnskleed antrecken, kreeg en Samtband üm den Mozartzopf un dat Höötken von Naobers Klärchen.

„Attangsiong, Toni!" warnde Settken. „Ick häw di doch nu lank noog explisseert, wu dat met delikate Saken geiht. Repeteer bloss alls in de Postkutsk!"

Et gonk so comme ci, comme ça. Nieschierig froggen de Wolbiecksken in de Postkutsk: „Wüllt Ji up'n Danz? Is doch kin Siänd!"

„Nee!" sagg Toni stolt. „Bloss in den Soologisken, Apen ankieken, – wo wi doch so gued Frönd met Professor Landois sind."

Doa wassen de Wolbiecksken auck wahn stolt, dat Toni met den beröhmten Professor met de lange Piep so gued Frönd was.

In Mönster wull de Friersmann bi Schlichtings wochten. Vör de Glassdüör kreeg Agnes Schiss.

„Toni, Toni, – ick will doch leiwer bi de annern in't Klauster gaohn –." Män Toni stott iähr in't Krüz, un Agnes flaug äs de Wind nao binnen.

Dao satt sonen langen Käerl un was ant Krämschnittkesiätten. Äs he upstonn, wuor de Knuorkige länger un länger.

Toni sagg sinnig: „Nu jä, so lank äs'n Graofen is he, dat steiht fast."

Emma keek em von buoben büs unnen an. He har en Schnurrwitz, de rechts un links äs'n spitzken Bliefstift wegstonn. Emma moss so lachen, dat se der forts wier utleip un up Straot prusten daih. Toni har iähre Dochter gäern wat an de Schnut hauen, mön dat gonk ja nich vonwiägen dat Gardükor un alle Honnörs. So kürde se met ne gans sööte Stimm, un de Frier meinde, se was de Bruut, un he fonk all Füer bi de dicke Plörös.

„Nee!" reip Toni. „Marjostand! Icke nich. Ick häw all eenen und ne Masse Blagen auck. Düsse hiär is de Bruut!"

Nu kamm Emma der wier in un moss ümmer no prusten. De Mönstersken keeken all nieschierig, un Toni wuor wehrig.

„Kiekt us doch kine Löcker in den Buk, guede Lüde! Wi sind ne Familje von Stand, müettet ji wietten."

Agnes un Emma wullen auck 'n Krämschnittken, män Toni knüösselde: „Och, Häer, de Nieschierde sitt bi de Mönstersken in de Pöst. Wi wüllt leiwer in't Servatiikiärksken gaohn un üm ne guede Hieraot biädden."

„Nee!" gnuerde Agnes düster. „Ick bruk Beer, ick will nao Stohlmakers, – un ick heite Agnes, Häer –."

„Ongenes?" sagg he met ne kruse Bläss. "Un ick heite Fronz!" He kürde son spassig Platt un sagg nich Huse un krus, un Stohl un School. He sagg Hiuse un krius, un Steohl un Scheool.

„Mamma! Mamma!" juchede Emma, „Dat is'n rechten Paderbüörnsken, dücht mi. Settken hät doch meint, in't Paderbüörnske findt sick wisse no sonnen Däöskopp för dat leige Wicht."

Agnes kneep Emma met bar Gewaolt in't Ächterpant, un Toni tiessede: „Pst, dumme Däern! De Familje will Agnes doch pattu quitt wärden.“ An’t Sertvatiikiärksken flisterde se met iähre weekste Schmaoltappelstimm: „Nu beten Sie sich iärstmal ein Stücksken für Ihre Zukünftige!“

Agnes leit em dringaohen un holl Emma iesern fast. „Emma, Emma, bliew bloss bi mi, wenn de Käerl mi en Mülken giewwen will.“

Dao was Emma boll vör Lachen stickt.

Endlicks gongen alle nao Stohlmakers, Bruut un Brühm vörut, Emma un Toni ächterdal.

„Mamma! Kiek di bloss den dicken Braotenrock an, midden in den heeten Summer!“ juchede Emma.

„Still, Wicht! In’t Paderbüörnske is’t in’n Summer so kaolt äs an den Nordpol.“

„Mamma! Un siene Bückse steiht von alleen, wenn he se uttreckt, un siene Butten klappert em in sienen Liewe, un he hät so stiäkende Augen äs’n Lustmüörder.“

„Still, sägg ick! Wo is di denn all’n Lustmüörder in de Möhte kuommen? Dat du mi bloss bi Stohlmakers diene Tung wahrst!“

Bi Stohlmakers daih he Beer un Wuorstbrötkes bestellen.

Sinnig fleitede Toni: „Ha, Häer, die Hillkane fliegen. Das bringt Glück, wenn sie so wehrig um Sünte Lammert fliegen.“

„Ick seih kinen Hillkan,“ gnuerde Agnes wahn.

„Bi Schneedriewen flügg kinen Hillkan,“ lachde Emma, un de Käerl keek se an, äs wenn se säggt här ‚Muorn is Wiehnachten‘.

Tüskentiets was he fasten Willens wuorn, dat schöne Wicht to frien. He vertellde von sien Duorp un sien „Steenhiuse“ met de fienen Stuowen un de Beller an alle Wänn, Libori, un Kaiser un Kaiserin, un den Dullen Christian, de ut den Paderbüörner Dom alle twiälf Apostel stuohlen här.

„Oh, den wilden Lumpen is mi oft noog in miene Draim an mienen Hals kuommen.“ Dat mogg heiten, sonen Hundsfott von Stiähldeiw!

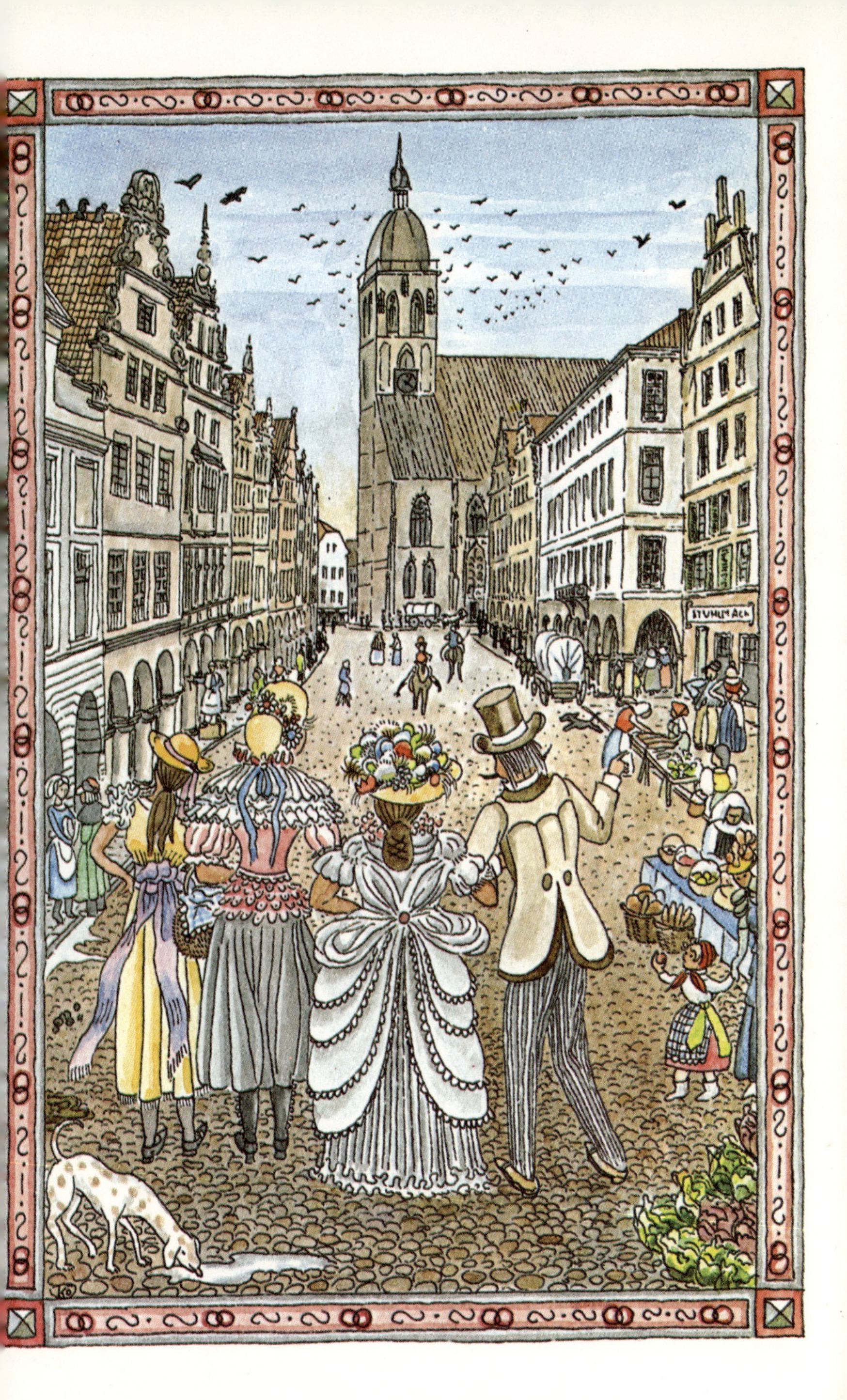
STUHLMACH

Lanksam miärkede Fronz, wu he dat Müüsken fangen konn. Un he leggede sien Speck ut. Jeden Hiärwst wassen graute Manöver in de Senne, un dann was sien „Hiuse“ vull von Graofen. „Graof Itzenplitz un Baronn Köckeritz! Dat wassen in olle Tieten wull nette Galgenvüegel, män nu sind se allerhand bi de Prüssen.“

„Echte Graofen?“ wull Agnes wietten.

„Falske sittet bi de Prüssen in't Kittken. Bi mi stigg auck jedes Jaohr en Erzherzog von sienen Lippizzaner aff, den jungen Leopold Eugen, un de is in eene Tour von de Donau büs an usse Pader galoppeert, – Tertiogenitur, Frailein Ongenes, wenn Ju dat wat bedüen kann – hä?“

Nu was 't üm Agnes daohn. „Ha, de wäd Kaiser in Wien, wenn de iärsten un twedden daud sind.“ Ut gans verkläörte Augen keek se iähren Fronz an, äs wenn he se all up sienen Thraun settet här.

Met iähre weekste Prumenpannkokenstimm sagg Toni: „Mit einen richtigen Erzherzog hat Agnes bestimmt noch nich im Bett gelegen.“

Fronz mook'n suer Gesicht. Agnes gaff Toni unnern Disk met de Spitz von Settken iähren Knöppkesschoh en Tritt. Daobi mook se en gans siälenvullen Augenupslag, äs wull se säggen: Ick sin no Jungfrau!

Emma flaug vör Lachen en End Wuorstbrötken ut de Mul up den Disk. „Hahaha! Dann kanns dienen Fronz jä bit naichste Manöver met den Lippsken ut Wien derdüör gaohen.“

„Pfui!“ reip Toni, un gaff iähre Dochter endlicks wat an de Schnut. „Von Ehebrecherei tut ein keusches Mädchen nich mal im Traum flüstern, das hört sich nich, Emma, das hört sich einfach nich!“

Üm nu – met Verlöf! – eenige Jäöhrkes vörtegriepen, so is Agnes met de Tiet ne maneerlicke Meerske wuorn, un ne Moder von vielle Blagen. Fronz – dat verlangt de Waohrheit – was 'n ganzen Mann.

Äs Agnes so in de Jaohren kamm, lass se eenes Dages in't Blättken: Der Hamburger Bankier Samuel Davidsohn hat sich leider in einem Anfall von Schwermut das Leben genommen.

„Dä!" reip Agnes. „Nu häste, wat di toküm p, du Rausenschmuser! Mein ist die Rache, spricht der Herr. Nu kannste lachen, mien Selmaken, nu kannste in Abrahams Schaut lachen!"

Usse Kurgäste

Elise iähren Buorgmannshoff was versunken, äs wenn de Angel dat schöne Hus wegrietten här. Nu stonn dao stolt un tieggelraud dat nie Hus, dat Kurhus, un praohlde met siene viellen Fensters: Ick sin de nie Tiet.

Usse iärste Kurgast was de Buer von Hus Backhus. He leit Hiämd un Unnerbückse an, äs em de Bademester met den Schlauck bedeihnen wull. „Wat? Nackicht? Bloss met son Schüöttken üm mienen Buk, pfui Deibel!“

Ussen twedden Kurgast was en nieschierig Möderken ut en Kiärspel von Iärwswinkel, achtzig un no prick up de Been.

„Wat denkste di, Traudchen?“ sagg se to de Bademesterin. „So äs Guod mi schaffen hät? Doh du di män bloss nich tieggen dat sesste Gebot versünnigen. Högger äs büs an de Knei büöhr ick miene Röck nich up. Dat häw ick nich äs bi mienen Josep daohn, un Guod hät us doch twiälf Kinner schenket.“

Dat Möderken dreihede sick unner hell Gejuch üm sick sölwst un leit sick dat kolle Water up de pricken Beenkes splentern. Dann was se tofriär.

„So, nu kann ick in Ruh hunnert wärden un no viell vör den armen Pastor Kneipp biädden. He, fromme Christenmensken wat up’t nackte Fell knallen? Mi dücht, en lank Hiämd konn he de Lüde doch wull günnen.“

So schaneerlick gonk dat doch boll nich mähr to. Kurgäste kammen in Masse, sogar Mijnheers un Mevrouwen, de dat kolle Water neidig noog haren.

„Herunner, Mijnheerkes, met dat vielle Speck von Jue fetten Bitterballen!“ kummedeerde Peter. „Herunner von Jue arme Hiärten all de Geneverkes un Likörkes un de dicken Sigarren!“ Un he reet sonen Baas dat düere Guldentügs ut de Mul.

„Mevroukes!“ schennde Traudchen, „weg met de Pündkes un de Kukjes un dicken Matjes!“ De Jetjes un Liesjes leiten sick unner hell Krakeihlen dat Water up't witte Fell knallen.

Endlicks kammen auck Mönsterske, fien, hauggestuocken, äs wenn se alle Togank to den Adligen Damenklub hären. Dann wuorn se gemötlick un pättkerden vergnögt düör dat natte Gräss.

Nao de kollen Güsse mook alles sich up, düör de jungen, langen Alleien in den Deergaoren to marscheeren, warm, tuttkewarm, so äs Pastor Kneipp dat meint har.

In't Biärkenbüsken stonn en trulick Hüüsken, wo't Tiet was, un de Vüögel schmetterden to jeden Plumps. Dann wuorn de Hiärten lecht, dat de Kurgäste üm den ganzen Deergaoren laupen konnen. Kammen se mit Singsang trügge in de Dannenallein, dann flaug iähr all dat Bimbam von de graute Schell in de Möht, un hennig gonk't met Plängkarrjeh an den Aantendiek vörbi düör de Linnenallei in den Saal. Leckere Bulljong, Eckbinnerspalt, Pieckeltung, Arme Ritter un heeten Wienpudding mooken de Siälen frie un de stiefen Butten gelenkig äs bi Sirkuskinner. Frie de Züngsel, frie de Liäwer von swatte Melancholie, – un Langewiele? Kin Fernseihen, kin Telefong, kinen Jazz? Ha, wiet gefeihlt, nicks äs bare Freide!

An schmöde Summeraobende unnern Maond met den grönen Kahn de Angel lang rudern, de nao Mint un Leiss ruock. Usse Mia iähr wunnerschön Stimmken leit Iärlküöninks Döchter heran schwiäwen ut den witten Niäwel. De Loreley von ussen Rhien was nicks gieggen de Loreley von Wolbieck, de alle Mannslüde so vernienig un sööt locken daih „Kommst nimmermehr aus diesem Wald.“

Infangen in de vertuwerte Welt wassen de Lüde ut de stickige Zechenlucht up de eenfachste Wiese von den ollen Pastor, de dat Wort des Herrn genau häört har un de „Gichtbrüchigen, Mühseligen und Beladenen“ reip: „Nimm dein Bett und wandle!“

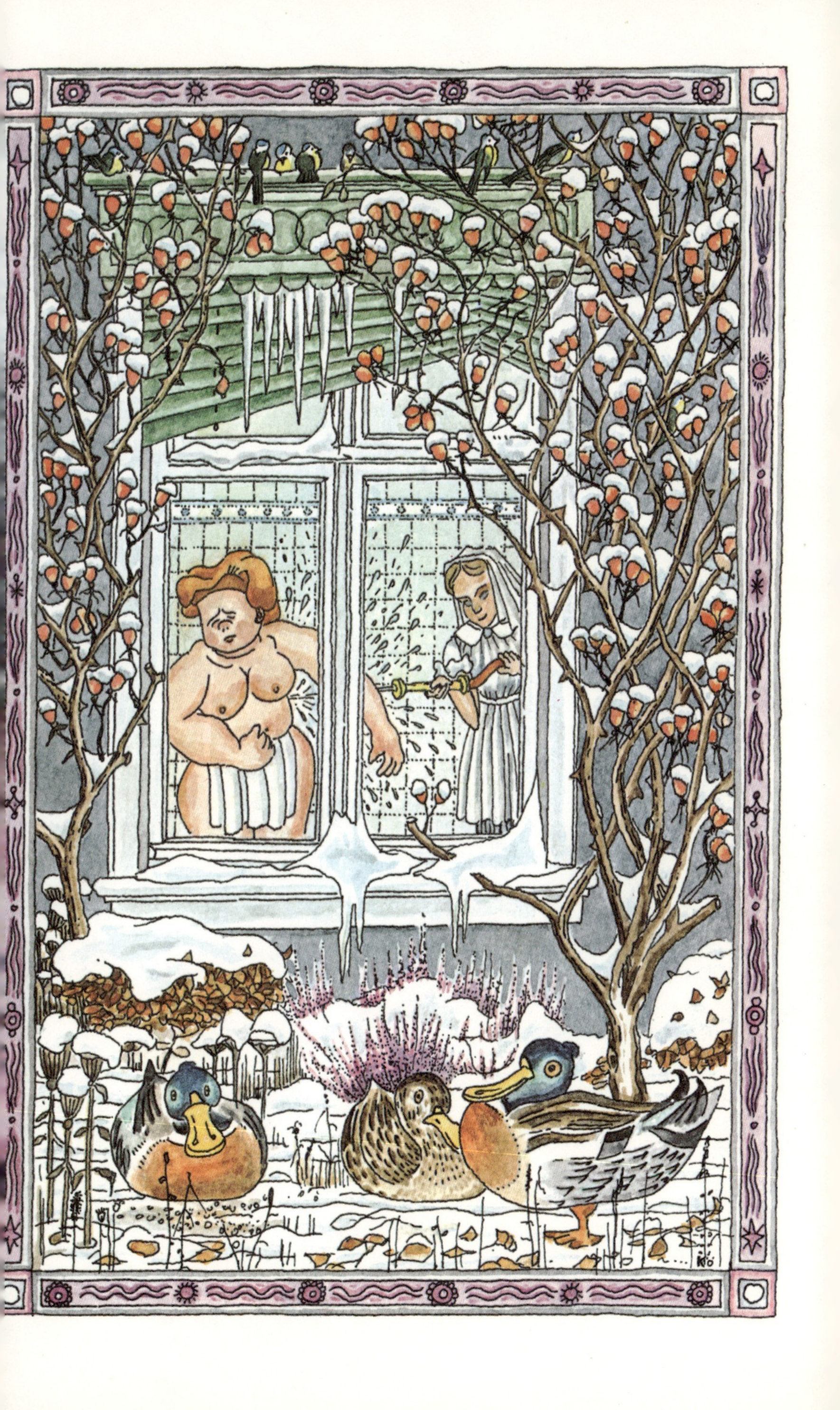

Alle konnen wier wandeln un wassen trurig bi den Affscheid, wandelden no eenmaol düör de Alleien, stonnen an den Aantendieck un lusterden up dat Rüsken von de Sülwerpappeln un dat trulicke Fiädergepluster von schläöprige Aanten. Düt alls gonk met in iähre olle Welt, de nie wuor.

In't Kurhus was nich bloss Dokter Wilm met sienen Humor, nich bloss siene schöne Elisabeth met iähr Sunnenaug, dat deip in kranke Siälen keek; nee, dao wassen auck de Tanten, richtige Tanten, – Maria und Liesebeth, – de nich hieraoten wullen un iähren Broer trü bleewen.

Beide wassen Dokters nao Engelsmaneer, jüst dat, wat vandage nich te finnen is. Nicks äs Tanten! Weet een Kind no, wat ne Tante is? Wietweg jede Tante, wiet äs de Miälkstraote von de Welt. We will betügen, wat eenstmaols an Siängen von de Tanten in früemde Hiärten flaugen is?

Quiälte Gesichter, Pien in de Butten – alls was weg, wenn usse Tanten met unsichtbaore Engelsflüegel drüöwer henstreeken. Kine Tanten met affgestellt Geld, kine Studeerten un Emanzipeerten, nee! Tanten ut lutter Gueddohen, kinen Pennink wäert, bloss „Glaube, Hoffnung, Liebe", de üöwer iähre Bedden löchteden.

Weg sind se un kuommt nich wier, iärst an den Jüngsten Dag. Dann könnt se anstuunt wärden äs Engel, an de jä auck kin Blage mähr glaiwen will. Weg met de Tanten, weg met Vader un Moder! Dat daore Menskenvolk sall wull iärst in't Tal Josaphat miärken, waorüm de Welt so iesig kolt wuorn is.

Usse Kurgäste un wi haren no Tanten. Tante Maria wuss jeden Aobend in den Saal de Häröhms un rieken Mijnheers so vernienig met dat gröttste Plaseer to bedreigen, dat iähr auck den Allerwiesesten nich up iähre Quaotlechtsmaneer kamm. Meineeh, wat haren de Mannslüde Spass an düssen Skat! Kin Sübbösken hät Tante för sick verbrukt, män an de twintig Heidenkinnerkes wassen met iähre Hölp jüst no ut de Braotpann von Menskenfriätters rietten un tauft, Blandina un Eusebia, Ignatius un wu se alle heiten. Moss se dat villicht bichten? Nee!

Tante Liesebeth daih nich bedreigen bi Halma un Müehlken. Bloss häwt alle so harre daobi lacht, äs haren se dusend Dalers wunnen, un so was dat auck. Kinen Daler was so gued äs de Lacherie, un kinen swieniägeligen Witz kamm met siene Düwelslust an tieggen Tante Liesebeths Kunst, Lüde up 'n Patt te brengen.

Jeden Aobend was hauge Tiet. Manks usse junge Wilm an't Klaveer met den „Walkürenritt", manks usse Bröers Ernst un Natz met'n Ringkampf, de viell upregender was äs de blootige Sliägerie von den grautmuligen Ali. Manks usse Franz met den deipen Bass „In diesen heilgen Hallen", manks en Kurgast met sonen flotten Bariton „Figaro hier Figaro da", un den höchsten Sopran juchede „Der Hölle Rache kocht in meinem Herzen", wat bestimmt nich waohr was. Män wat wullen de Kurgäste in Salzburg un Bayreuth, wenn iähr in Wolbieck de edelste Frau Musica in de Hiärten flaug!

Wiehnachten wull den eenen off annern gar nich nao Huse. Usse Christkind kamm met 'ne Stüörtkaor ut den Deergaoren. Engel un Naobersblagen sungen „Heiligste Nacht!" En dichten Busk von Dannenbaim stonn üm usse Hinnink sien Krippken, dat he eegenhännig ut Bökenholt timmert har. Echt Water dröppelde von'n Hucht in den See, wo de Schäöpkes ut drinken daihen.

Wi mossen Gedichtkes upsäggen, de Juffer Hilbing makt har, wunnerschöne Viärskes, so äs düt:

„O du liebes Jesulein,
kehr in unsre Herzen ein.
Doch es will mir nicht gefallen,
daß sie dich ans Kreuz tun knallen.
Da will ich dich gern verstecken
hinterm Wall und dichten Hecken.
Unter Eichen unter Buchen

sollen dich die Bösen suchen.
Alle Kurgäste dir sagen:
du wirst nicht ans Kreuz geschlagen!"

Un wüercklick wassen an so'nen Wiehnachtsaobend alle so siälig, dat se nich dran glaiwen wullen, wat usse Jesuskind bevörstonn.

Un de Diät? We wuss wat von Knäckebraut? Knabbeln in't Kümpken. Hannig up Schwattbraut, Hafergüört, frisk Gemös ut Elise iähren Gaoren, frisk Kalw, Rind, Schwien von Hinkelmanns, frisken Hammel von Elias, friske Höhnerkes von Eiermann Tönne, alles frisk ut Guods Natur.

Pannhas, Sült, Wuorstebraut, Schriewen, Grautebauhnen, Suermoos, Fixebauhnen, Pääskes, Biärnen, Prumen, Kiärssen, Äppel – was dat nich Diät noog? Kinen Kurgast kreeg sone baise latinske Krankheit bi usse Diät. Nee, se wuorn olt, gongen un kammen wier. Un so sind se Wolbieckske wuorn bi usse Vuogelscheiten, bi Minneweh „Als ich noch im Flügelkleide", bi Margreit un usse Scheesken, bi de beiden Prossjohnen, de graute un kleine. Wenn dat nich siälige Tieten wassen! Wel moss dao iärst lank von de „heile Welt" quatern!

Aantendiek

De langen Alleien, Linnen, Ulmen, Platanen, Dannen leipen ut Elise iähren schönen Gaoren büs an den Deergaoren. Midden in de gröne Pracht lagg de Aantendieck, ne sinnige Musik, de von'n Hiemmel föllt un met sööte Töönnkes üm eenen deipen Toon schwingt. So trock dat stille Water nich bloss romantiske Gemöter an, – auck de Nöchternsten satten gäern unner de Sülwerpappeln un keeken up dat draimende Water met siene witten un giälen Waterrausen.

Anners äs de Angel bleew de Aantendiek still, wenn se in wilde Nächt met Donnern üöwer de Öwer tratt, bruun von Muodder, un se reet Husbalken un Baime met sick, was dann wier sacht un fröndlick in iähr Geschlängel tüsken Esken un Iärlen, un in den Winter was 'n Schollendriewen up un dal, – män de Aantendiek lagg dao äs Speigel von Sülwer un Hiemmelsblao, un in Winterstiet met infruorne Pläntkes, auck äs Liekendook bi haugen Schnee nich trurig, leit bloss an Freiden denken.

Oft stonn Pailken an den Aantendiek un was an't Simmeleeren. Manks kamm iähr Vader Hemmanns, ümmer no en staotsken Kabbaleer met sien sülwerwitt Haohr.

„Mien Pailken, gaoh nich weg von mi!"

„Ick mott, Pappa, ick mott, ick kann nich anners."

Dann stonn Pailken dao, üm Affscheid te niähmen. Son leiwelick Wicht, sunnig, schön äs Elise. Se keek de flinken Vüögelkes nao – „He, ji Wippstiärtkes un Quickstiärtkes!" Üöwer de Pappeln trock ne Schwecht Krukranen von warme Länner trügge. „Krukra! Krukra!", un Pailken lachde, äs de akkraote Eens düörnanner kamm.

Ut dat Kellingholt steegen twee Twillstiärts up un leiten sick von den Wind driägen. Pailken saog de Gaffeln genau. Dann lusterde se up dat Jubileeren von Wiegelwagel un Märtengeitlink.

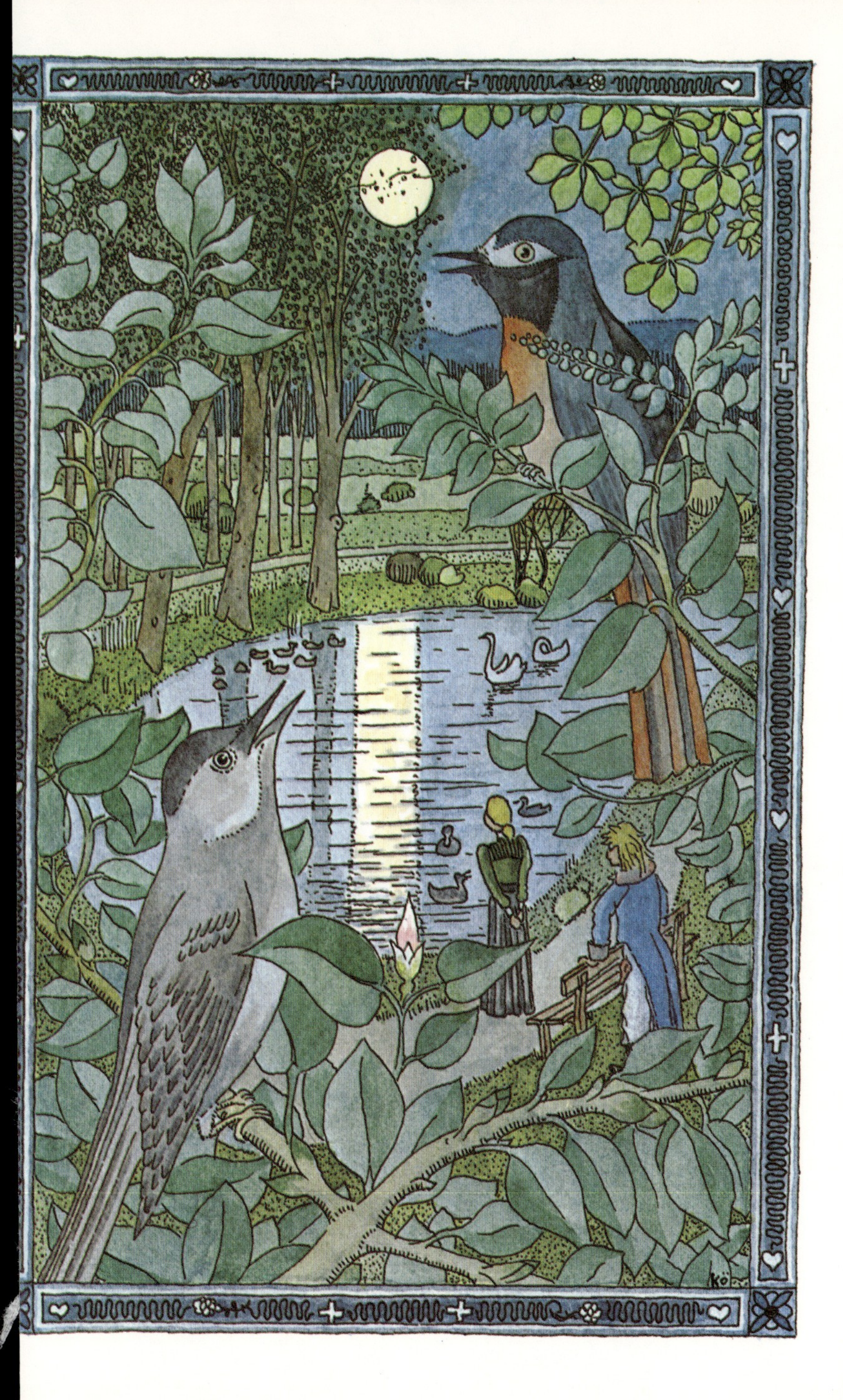

„Kiewitt! Kiewitt!" mook Pailken den Kiebitz nao. „Ick niähm die diene sprenkelten Eierkes nich weg! Legg se män bi usse Gräft in de Wiesk! – Pick-pick an'n Stamm, Balkenpieper, Nuottpieperken, pick-pick-pick!"

Pailken ruock dat junge Gräss. Oh, dat daih weh, midden in't sunnigste Fröhjaohr Affscheid te niähmen. „Leislünink! Leislünink! He, ji Swälwkes, tirili tirili! Sipp-sipp-sipp, mien Sippken! Kumm män, mien Waterhöhnken! Och, Stoffer is daud, un ick kann nich so gued äs Stoffer met ju küren, kann nich so gued äs Stoffer juen Singsang verstaohn."

Pailken baug sick in de Mint üöwer den Waterspeigel. „Sin ick ne Hex? Nee! Guod hät mi schön makt äs mien daude Möderken. Sall Guod denn bloss wat Hässlicks kriegen? Ick brenge em wat Schöns. Ick bruk jä nich weg, wel will mi twingen? Ick gaoh weg, frien Willens, dat wees du, Guod! Du röpps mi. Oh, mienen Aantendiek, miene Angel, mienen Deergaoren!"

Büs an den Aobend satt Pailken unner de Sülwerpappeln. Wu still was de Gaoren! Alle Kurgäste wassen up Tour nao de Waterbuorgen, drei Ledderwagen vull, met gröne Maien schmückt. Nu was 't all schummerig tüsken de Strüker, un de Maond lagg äs möden Mann up 'ne Wolk.

Hemmanns kamm von de Gräft, gonk uprecht nao siene Kabbaleersmaneer düör de Linnenallei. Draum, Hiärtenspien, Swiemel –, vörbi dat schöne Liäwen? Wel sitt dao up den Hucht, up Elises Bank? Wel husket dao düör de Büsk? Ne Stimm sägg: „Doht ju bloss nich verköhlen, Frailein Paula! Süss Klauster adjüs, un met ne Lungenentzüng in't deipe Graff!" Beide Wichter lachden.

Hemmanns höärde – all wied weg – Elises Stimm: „Kumm doch, mienen Leiwsten! De Nacht wäd so schön." Elise iähr gröne Kleed, sülwerig unnern Maond? Dat Geraskel von Elises Röck? Un Hemmanns reip met ne gans früemde Stimm: „Elise –?"

„Och, Häer, ick sin dat bloss, – Flontine, dat nie Wicht ut de Küöck –.“ He streek Flontine sacht üöwert Haor.

Vörbi dat schöne wilde Liäwen? Settken? Dat was nicks anners äs de junge Abigail an Küönink Davids Siet. Elise, – Elise?

Fröndlick reip Pailken: „Ick sitt hiär up Mamma iähre Bank, Pappa.“

„Mien Pailken –?“ Dao lagg Hemmanns all lank in't Gräss.

„Pappa! Pappa!“ Pailken up de Knei an siene Siet. „Laup, Flontine, laup! Mienen Broer Wilm – laup hennig! Wicht, hal den Pastor! Laup, laup! Oh, Pappa, Pappa!“

„Gaoh nich weg, Elise! Küss mi, Elise!“

Un Pailken sagg so, wu se äs klein Wichtken säggt har: „Haha! Pappa, wat büs du doch dumm! Ick sin doch nich Elise, ick sin doch usse Pailken.“

Sien witte Haor, sienen Baort, utstreckt de Arms, krüzwiese, so witt de Hänn, so still de Mann, de äs unheimlicken Tockelbähnd siene Döchterkes verbiestert har.

„Pappa! Vader, guede Vader!“ Wilm höärde dat bloss no still tuckernde Hiärt.

„Miene Kinner, miene besten Kinner! Laotet mi nu – de Pastor – is all gued – ah! Miene besten Kinner!“ Un dann ganz dütlich, Woart üm Woart: „Ehre Vater und Mutter, auf daß du lange lebest auf Erden.“ Lang Gapen, sacht Lachen deip in de Kiähl. „– is gued, is alls gued!“

Juffer Hilbing

Juffer Hilbing ut Abslauh was met Hüftpien all 'n verdreiht Fraumensk, äs se sick dat kolle Water anvertruen daih. Boll konn se wier laupen äs'n Föllen un is met klaoren Kopp un stramme Been nieggenzig wuorn.

„To, Juffer Hilbing, vertellt von Paris!" drängeden wi äs Kinner.

„Och, ne kommode Stadt! Dao säggt se to de Straoten Rüen. Wat hät ne Straot met'n Rüen te dohn? De kann dao bloss sien Beenken in upbüöhrn. Jä, un Kaiser Napolium ligg dao in sienen grauten Sark, so graut äs'n Hus, kin Krüz, dat Gott erbarm! He was doch kinen slechten Mann un hät us de Prüssen von'n Hals jagt. Wenn he domaols up Sankt Helena jeden Dag en Blitz up siene Liäwerpien krieggen här, dann was he wisse no utknieppen un Kaiser von Europa wuorn, – iäwig schaa, son Malöhr!"

Dann deklameerde se son nett Gedichtken:
„Musjehs – Qu'est ce qu'il dit?
Ick kann met ju nich parleeren.
Män jue Wienkes, witt un raud,
dao doht mi män to inviteeren!"

Juffer Hilbing was länkst nich mähr mülsk. „Kinners, Kinners!" lachde se. „Dat arme Magisterken ut den Kuohlenpott kamm nich ut de Bückse, un dat Jüfferken ut de Gelmerhei auck nich, beide verstoppt äs Uobenpiepen in't Fröhjaohr. Un de beiden wüllt doch so gäern hieraoten!"

Eenes Nachts moss Juffer Hilbing up't Hüüsken up de halwe Trepp. In iähren langen Polter met häkelte Spitzen an Hals un Hänn leip se, ne Kärsse in de Hand, treppaff, äs dat Magisterken jüst ut den düsteren Gaoren kamm, wo he üm sien Jüfferken stüöhnt har.

Juffer Hilbing sagg met iähre deipe Stimm: „Jüngling, schlag die Augen nieder, denn die Jungfrau zieht vorüber."

De Magister stonn dao äs Lots Wiew un starrede de olle Juffer an, äs wenn se ut Sodoma un Gomorrha wäör.

„So sieht eine Jungfrau bei Nacht aus?“ stuotterde he.

„Wat häste di denn dacht, Jung? Meinste villicht, ne Jungfrau leip nachts nackicht herüm?“ Daomet knallede se de Hüüskenduör to.

An’n annern Dag is de Magister an sien Jüfferken drangaohen äs Blücher. Usse Gäörner, de in den Gemösgaoren jüst an’t Kabusschnien was, hät dann in de Küöck vertellt: „Marjoh, wat sin ick löss buorssen! Mien Kabusmess in de Hand!“

Dat Jüfferken har siälig-üöwersiälig en hellen Kriesker utstott, äs de Magister se half daut drücken daih.

„Un ick denk, dao wäd en Wicht an’n hellichten Dage affmurkst,“ vertellde de Gäörner. „Ick will to Hölp kuommen un seih – un seih – nee, sowat!“

Nu wullen alle Wichter wietten, wat de Gäörner seihen har, män he moss so harre lachen, dat he nich wieder vertellen konn. –

Eenes Middags kamm ick ut School un was an’t Bölken. „Wat häs denn, Wichtken?“ frogg Juffer Hilbing. „Ick kann mien Schoolwiärks nich.“ „Wies äs!“ Se keek üörwe iähre Nickelbrill up miene Taofel.

Sätzkes maken met ‚nebst, binnen, samt, außer, infolge, mittels, wegen‘.

„Häw ick nich ümmers all säggt, de kleine Juffer in Wolbieck is dünn äs’n Pumpenswengel un daor äs Strauh? To, nu schriew, Kind!

Nebst die Kirche steht die Schule,
Wir binnen den Besen,
Unser Sofa ist aus Samt,
Außer dem Roß fallen die Äpfel,
Das Kalb ist infolge die Kuh da,
Mittels mein Gesicht sitzt die Nase,
Ich kann mich in die Bank nich wegen.“

Knallraud leip de kleine Juffer an un wull mi wat düör de Finger hauen. Dao häw ick schreit: „Dat hät Juffer Hilbing mi dikteert, un Juffer Hilbing is dusendmaol klööker äs alle kleinen Juffern.“ –

Juffer Hilbing was gued Frönd met ussen Eiermann Tönne. De was äs Waisenkind up en Hoff upwassen un belde sick in, he wäör de Iärwe. Ne olle Bessmoder hät den Jungen reineweg unwies kürt met iähre Spökerie un de baisen Geister Kuort Iell, Füerlegger Ferdinand, Tockelbähnd un Trina Müörderwicht.

So der was Tönne von Stunn an unwies, äs de Buer daut was, un de rechte Iärwe ut Biärvergern kamm.

Tönne gonk üöwer Land, daih met Eier un Buotter hanneln, en stockährlicken Mann, bloss unwies. Dat Ei in'n Summer twee, in'n Winter drei Pennink, de Buotterwell füftig Pennink.

„Den Iärwen, den Stiähldeiw, den ruodderigen, den dreiht de baisen Geister in de diärteihnte Nacht von't diärteihnte Jaohr den Hals üm,“ vertellde Tönne.

Wi Blagen häwt em veröhmt, den armen Mann, un dat was Juffer Hilbing gar nich recht. Se sagg: „Guod sall mi de Kraft giäwen, de baisen Geister te bannen.“

Se gonk up't Ganze. „Sägg bloss, Tönne, wann is eegentlick diene diärteihnte Nacht?“

„Muorn nacht, Juffer!“ flisterde Tönne. „Wenn dat nie Lecht üöwer dat Kellingholt steiht, kümp he dran, den lubietsken Hund, den falsken Iärwen.“

„Wat meins, Tönne, wenn du mi met in den Busk niähmen daihs – ha? De baisen Geister doht doch ne olle Juffer nicks, un wenn ick bi di sin, dann springt di wisse kinen Bengelrüe an.“

So kürde se truhiärtig, un in Tönne sienen unwiesen Kopp leip alls düörnanner, äs he de Juffer so guorig daohiärquatern höärde.

Dann is Juffer Hilbing met Tönne in't Kellingholt gaohn.

Et gaff wisse kinen Wolbiecksken, wel sick för dusend Mark in de Geisterstunn in't Kellingholt wagen daih. De Kiärkenuhr schlog jüst twiälf, un Tönne fonk an te bierwern, äs se beide an den Klappenkolk kammen.

Maondenschien lagg up dat Water un glämmerde in de Strüker. „Huhu, Juffer!" reip Tönne. „Dao sitt Trina Müörderwicht, un in den Kolk swemmt ihr daude Kindken."

„Trina!" reip Juffer Hilbing in deipen Singsang. „Triiiina! Wann dreihst du den falsken Iärwen den Hals üm?" Se stott Tönne met Macht tieggen en Wieddenstamm. „So, du Dummkopp, nu kriggs Niäsenblööten, nich? Dann laot met dien Bloot bloss all dat unwiese Tügs ut dienen daoren Kopp reeren. Miärks nu, dat de arme Trina nicks anners äs'n Wieddenstumpen is? Un dat Kindken is Maondglämmer, nicks anners. Biädde di leiwer wat för de arme Siäle! Dat Kindken, wat se in iähre Naut in den Kolk schmietten hät, is bi de Engel, un dat arme Fraumensk, wat se äs Hex up den Koaksplacken verbrannt häwt, is wisse forts met de Mäse in de Flammen von't Fiägefüer sprungen un nich in de Höll! Kapeerste, wat ich di sägg?"

„Huhu, Juffer, oh oh, miene Niäse! Dao dao – is Füerlegger Fennand," gräölde Tönne.

„Fennand, Fennand! Füerlegger!" reip de Juffer met deipen Singsang. „Wies mi doch äs dien verbrannte Haor! Un wann döhste den falsken Iärwen den Hals ümdreihen?"

„Juffer, Juffer!" stuotterde Tönne. „Ick seih sienen füerigen Kopp all löchten."

„Dä, du Kasper? Dao löchtet bloss en fuelen Knubben. Sowat weet jedes Kind, dat fuel Holt nachts löchten döht. Un de arme Siäle von den Füerlegger dreiht kinen Mensken den Hals üm. So, du Schleif, un wel kümp nu?"

„Juffer, Ji versünnigt Ju tieggen de baisen Geister. Glieks dreiht Kuort Iell Ju den Hals üm."

„Dann män to! Kuort Iell, schmaal Laken, licht Gewicht, kumm, du iäklige Lüdebedreiger! Och, du Hammel, den ruodderigen Bedreiger hät siene Schär un siene kuorte Iäll un sien licht Gewicht wisse nich met in de Iäwigkeit nuohmen. Mag sien, dat he in de Höll is, – ick will em der nich instoppen. Män auck ut sien Fiägefüer kümp de Lümmel nich, üm dienen falsken Iärwen den Hals ümtedreihen."

„Hu! Ha! Ick höär de Kieddeln rappeln."

„Schaopskopp! Dat Kieddelnrappeln kümp ut Weimanns iähren Kohstall. So, un wel kümp nu? Boll sin ick de Kölle leed un will in mien Bedde."

„Juffer, Juffer, wat mi dat Hiärt klabastert! Höärt Ji dat Susen un Brusen in de Lucht? Dat is Tockelbähnd, Juffer! Nu bloss füsk unnert Lauw un in't Vosslock! Ick pass up, wenn he dal sust un sick den Iärwen päck, hahaha!"

„Nu wärd ick owwer lünsk, du Dussel, du Quintensliäger! Ick krup in kin Vosslock un unner kin fuel, stinkerig Lauw. Et sust un brust gar nich. Bloss de leiwe Maond schint up de stille Welt. Tockelbähnd sitt äs Antichrist in de deipste Höll un kann kinen Christenmensken an't Fell un em den Hals ümdreihen. So, nu will ick di wiesen, wu dat is, wenn baise Geister di an't Fell springt!"

Daomet stott se Tönne in'n Miegampelhucht, un he fonk an te schandudeln, äs wenn he in de Struott von'n Krokodil satt. De olle Juffer trock em der wier ut un stott em den Wall dal in'n Watergraben. De Graben was deip, män nich deip noog tot Versupen. De Juffer kraup auck sölwst met Stüöhnen den Wall dal un hät Tönne sienen griesen Kopp en paarmaol unnert Water hollen. Dann hät se em herut holpen un em rüddelt un schüddelt, dat Miegampeln un Water fluoggen.

Tönne schennde un hülde, büs se nao Wolbieck kammen. Dann moss he met de Juffer no düör de Alleien laupen büs an den Deergaoren. Endlicks was dat Tönne so heet, äs wenn he in Füer lagg. Äs ne guede Moder hät se em in siene Kammer bracht, dat natte Tügs affrietten un den armen Käerl in't

Bedde stoppt. Tönne schleip forts in un hät büs in den Dag schnuorkt.

Dann hät de olle Juffer em met nao Kiärk nuohmen un Reu un Leed met em erweckt. Tönne hät bi den Pastor all sien unwies krus Wiärks ut Hass un Kummer un müörderiske Wünske bicht'. Dann was boll nicks anners mähr te finnen äs den braven ährlicken Eiermann Tönne.

Äs Resümee von de Geschicht sagg Juffer Hilbing: „Ick mein, all mien Toküren hät nich viell holpen. Män de Kneippkur in den Watergraben un de Lauperie, dat hät em von siene Unwieserien affholpen. Daorüm wüllt wi Pastor Sebastian haugpriesen!"

Wallfahrt in de Kiärssentiet

Äs Kinner häwt wi ümmer jubileert, wenn Tante Agnes to Besök kamm. Se bleew den schönen krusen Flasskopp, un iähre Graofen von't Manöver flaugen iähr äs Goldstückskes von de Lippen. Wi wussen boll den halwen ‚Gotha' utwennig.

In een unnüösel kaolt Jaohr, äs Riängen un stiäckende Hitz affwesselden, kamm Tante Agnes un meinde: „Et is doch Kiärssentiet, un wi wüllt nao Hannerup gaohen un bi Vennemanns de ollen Baim von iähre Kiärssenlast frie maken."

„Gaohen?" frogg Tante Liesebeth, „to Foot nao Hannerup, sonen wieden End?"

„Ick sin verstuort up Kiärssen un jüst so verstuort up Wallfahrt," sagg Tante Agnes. „Mienen Fronz hät mi nich mähr äs twee Dage frie giäwen. Nu lött Kiärssenplücken un Wallfahrt doch gued tesammen, denk ick."

„Kiärssen sind Kiärssen, un Wallfahrt is Wallfahrt," sagg Tante Maria.

„Owatt!" Tante Agnes har no ümmer iähren dullen Kopp. „Wi könnt us de Sak extra schwaor maken. Baarfoot düör den Busk von Milte, dat is Busse noog für usse Sünnen. De Schmerzhafte sall dat wull egaol sien, wenn wi iärst Kiärssen plückt."

„Nu, dann män to!" moss Kutsker Langebaum lachen. He droff met sienen Ledderwagen un de grauten Küörwe för de Kiärssen den Sandweg föhren un brukede nich düör de dicke Driet von Miltes Busk te tappen.

Unner ne grülicke Sunn trocken wi löss up Wallfahrt. Moder Schulz sagg an'n End von Wolbieck: „Dat unwiese Fraumensk wäd auck mienliäwensdage nich wiese. Nu will se de armen Kinner düör Driet un Däörnen schlüeren."

We Miltes Busk in usse Kinnertiet nich kannt hät, de weet nich, wat Däörnen sind un Bittenkratzen un Muodder un

Müggen un Tieken. Üöwerall bloss Biesterpätt, un ut'n Wittdäörn in'n Schwattdäörn, un met Müggenstiäckerie in Tümpels, un Tieken von de Baim dal, un äs 'n iäklig Kieddelstügs in usse Arms un Nackens.

De Hillige Frans moss wull wusst häwwen, wat de alleriärgste Buße is, äs he sick in Däörnen wäöltert hät, friewillig, – män wi häwt alls unfriewillig liedden un mossen daobi singen „Maria, hilf uns allen in unserer tiefen Not". Grienen gaff't nich up Wallfahrt, auck wenn wi von buoben büs unnen vull von Muodder wassen un usse Gesichter blootig von de Bittenstrünk.

„Kinners, nee, wel kümp denn dao?" reip Frau Vennemann, äs usse Karona anhümpelt kamm. „Sind de armen Blagen düör Kaninkenlöcker kruoppen?"

„Pst!" mook Tante Agnes, „wi sind up Wallfahrt, un en Krüzweg mott doch siene Nücken häwwen."

Schweet un Bloot reereden in Vennemanne Kaffee un up den Karinthenstuten. Dann mossen wi in de Kiärssenkraunen kleien, un Tante Agnes reip us nao: „Denkt an jue Sünnen! Kin Kiärssken iätten!"

„De Kuckuck sall se halen!" flökede usse Natz. „Ick friätt, wat män drin geiht." Wi alle häwt us satt friätten, büs m' kine Lus mähr up ussen Buk knappen konn.

Tüskentiets was auck Langebaum gemötlick ohne Muodder un Tieken ankuommen, un dann gonk usse Karona endlicks nao Telligt, te Foot ächter den Ledderwagen hiär.

Tante Agnes sunk luthals: „Sagt an, wer ist doch diese, die hoch am Himmel geht?"

De Lüde von Telligt reipen: „Sagt an, wer sind doch diese? Junge Junge, dat äösige Janhagel kann doch bloss ut Wolbieck stammen, ut dat sünnige schienhillige Duorp!"

In Demot häwt wi alle Veröhmerie druoggen, so äs Tante Agnes dat befuohlen har.

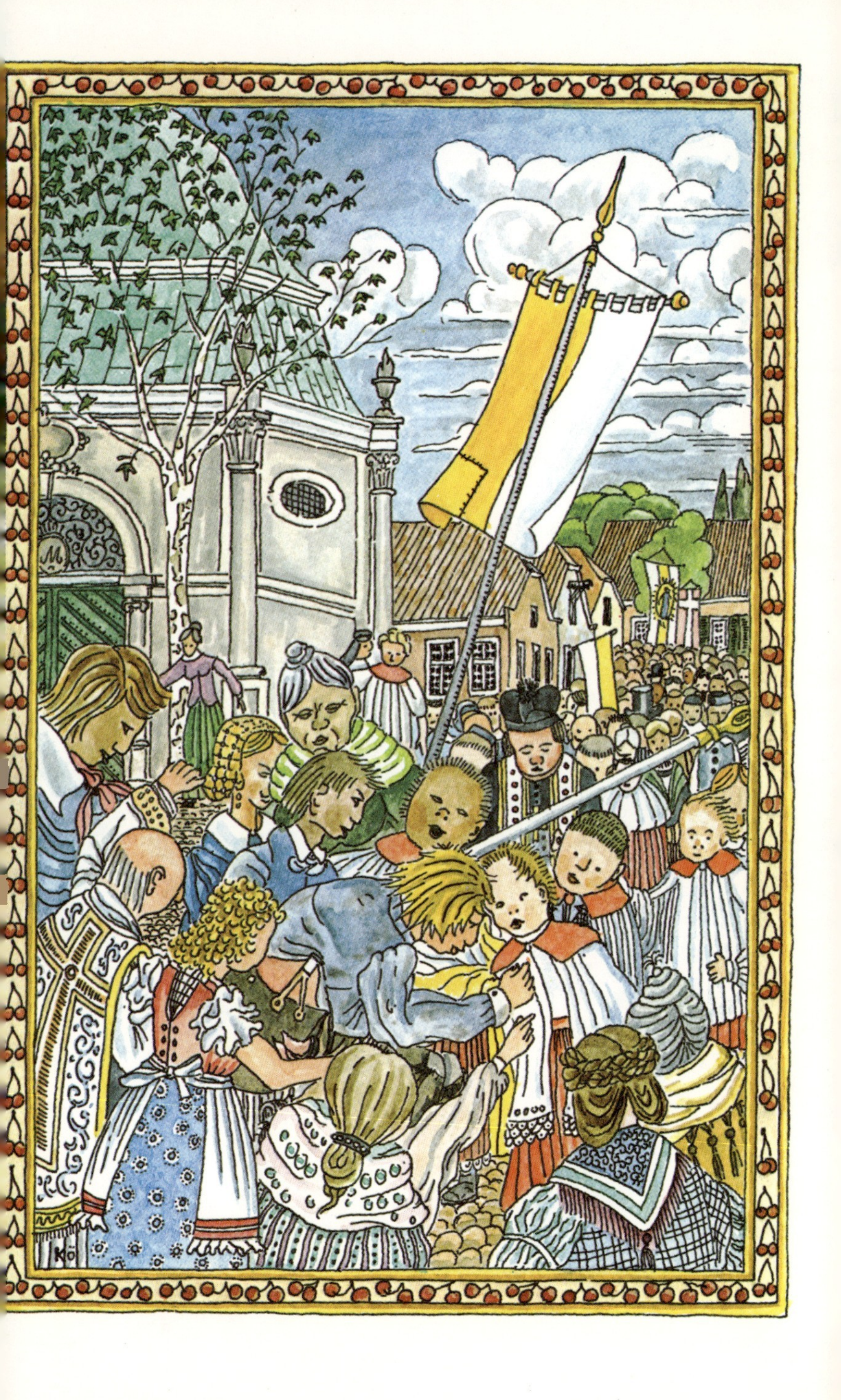

Jüst äs usse fromme Karona in de Kapell wull, trock ne Prossjohn ut Üele heran met wittraude Missdeiners un giälwitte Fahnen, met'n ollen Pastor, de düftig schweeten moss, un met vielle proppere Lüde, lutter üörndlicke Wallfahrer, de kinen Busk von Milte äs Fiägefüer ächter sick haren. Iähr „Wunderschönprächtige" brusde gewaoltig düör Telligt. Doch dann fonk dat Lachen un Veröhmen an, un ne dicke Meerske ut Üele sagg: „Dat müettet Wolbieckske sien. De häwt sick unnerweggens all dick suoppen un sind in'n Graben fallen."

Dao was't met usse Demot vörbi. Usse Frans schennde: „Olle Taosk!" En Missdeiner knallede ussen Frans en Fahnenstock up den Dätz, un dann gaff't ne Sliägerie tüsken usse Jungens un de Missdeiners, büs usse Bröers de früemden Fahnen in de Hänn schwenkeden. De arme olle Pastor konn nicks maken. Män dao hät usse Langebaum us Wichter packt un up den Ledderwagen schmietten, dann de drei Tanten, un antlest sind auck usse Jungens up den Wagen kleit, un weg gonk dat in vullen Plängkarrjeh.

Unnerweggens kreegen de Tanten Striet. „Wat häw ick säggt!" schennde Tante Maria, „Kiärssen sind Kiärssen un Wallfahrt is Wallfahrt."

„Nich äs in de Kapell sind wi kuommen," sagg Tante Liesebeth.

„Weinigstens drei graute Küörwe vull Kiärssen!" reip Tante Agnes un schweeg düster.

Langebaun keek stikum nao den schwatten Hiemmel un knüösselde: „Den dicken End kümp no. Nu singt bloss ‚Strenger Richter aller Sünder, der du uns so schrecklich drohst'". Ha, dat was toviell för mien Kinnergemöt, un ick fonk bi dat Leed harre an te hülen.

Nu gonk auck all ne Grummelerie un Blitzerie loss. Ne Sündfloot schaut up usse Köpp un de Piärde un de Kiärssen. Dat Water schwappkede üöwer den Rand von de Küörwe.

Von dat Blitzen wuorn de Piärde wild un steegen pielup met en hell bang Frensken.

Midden in de Wolbiecksken Füchten bi den iärgsten Dunnerslag gongen Langebaum siene Vöss derdüör, üöwer Sandhücht und düör Schlaglöcker. Hen un hiär wackelde de Ledderwagen, – dä! Een Rad was aff met Krachbumms. De gansse Karona, Tanten un Kinner un Küörwe flaugen bi de Ümkipperie dal, un usse Kiärssen laggen in den deipen Watergraben. Langebaum sprank von den Buck. Dao jageden de Vöss met den Ledderwagen, de scheef un krumm holperde, alleen derdüör nao Wolbieck.

Un wi armsiäligen Wallfahrer mossen unner dat Hiemmelsgewidder in Daudesangst nao Huse pättkern.

Kin Leed kamm no ut usse gräsige Struott. Siet den Dag denk ick bloss no met Schudern: Kiärssen sind Kiärssen un Wallfahrt is Wallfahrt! Oh, Maria, hilf!

Langelina

Se was de trüeste Siäle, usse Langelina. Met twintig was se bi us in Denst gaohen, äs Zimmerwicht bi de Kurgäste, un de daihen iähr praohlen un iähr düftig Drinkgeld tostiäcken. Pennink up Pennink hät se spart för iähr Patenkind Flontine. Ne Schönheit was Langelina, dat anstellige Wicht, jüst nich. Alls an iähr was lank, de Niäse un de Arms, de Oahren un dat Kinn. Se was son dünn Reff met iähre langen Apenarms, män se har de trüesten brunen Augen.

Langelina kamm von'n Sandkuotten, wo tüsken Heidekrut un Quakelten nicks äs Bookweiten un magere Kartuffeln sick verkrüemelnden! Sess Kinner, de Vader daut, de Moder Huut un Butten, üörndlicke brave Lüde. Alleen dat jüngste Wicht was son lück lichtfeddig un leit sick met'n suerlännisken Seisenlaiper in ne Mauenfrierie in.

Langelina iähr fromm Gemöt was gans verfiert, äs iähre junge Süster Flontine kamm un sagg, dat se en Kindken kreeg.

Ne Stunn lank satt Langelina in deip Naodenken. Dann gonk se met Flontine to Settken, de äs ährbare Witfrau in Anseihen stonn.

„Dat is jä'n Dingen," meinde Settken bedröwt. „Dreimaol an den Don Johann schriäwen un kine Antwoart? Nu schriffste am besten an den Pastor, Lina!"

Flontine green vör sick hen. He was doch so schön west, den schwattbrunen Seisenlaiper, so früemd, dat suerlänniske Mannsbeld, tieggen dat en Wicht von siebbenteihn nich ankamm.

„Och, Lina, nee, so geiht dat nich met diene Feihlers," sagg Settken uns schreew den Breef sölwers.

Settken iähr Anseihen was nao den Daud von iähren Siäligen no stieggen. Se har ne guede Potzion von siene Rechtsverdreiherie iärwt un all oft noog ne Wolbieckske Familje ut de Pedrullje holpen.

Dann kam de Breef von den Pastor. „Liebwerte Frau! Mit Dank für Ihr Geehrtes teile ich Ihnen mit, daß der von Ihnen genannte Laurenz Rünkede vor einer Woche das Zeitliche gesegnet hat, infolge Blutvergiftung. Nun ist Ihr Brief mir ein Fingerzeig Gottes. Seit Tagen trage ich schwer an Laurenz seiner Schuld, weil er im Sterben nicht mehr dazu kam, mir den Ort seiner Sünde anzugeben. Er hatte mir aber hundert Taler für die Verführte anvertraut, um wenigstens etwas von seiner schweren Schuld wieder abzutragen an der genannten Florentine Nientiedt. – – Gott befohlen – –."

Settken hät Lina un Flontine de bittere Waohrheit nich verswiegen konnt, dat den Don Johann in sien suerlänniske Duorp all ne Frau un twee Jungens här.

Flontine kreeg 'n Döchterken un gaff iähr junge Liäwen för dat Kind. Langelina hät dat Flontinken graut trocken, män Settken hät dat Wichtken bi sick behollen un was tofriär met Lina iähr Togeld för Flontine.

Äs dat junge Wicht ut School kamm, hät Langelina dat nüdlicke Kind bi us in Denst bracht. Flontine wuor Lährköchin un hät in den Saal de Kurgäste bedeihnt. Se saggen to iähr „schöne Lilofee" un „Überkreuzschönheit"; denn Flontine har dat blonde Haor von iähr daude Möderken un de schwatten Augen von den Seisenlaiper. Von düssen sünnigen Vader wuss Flontine nicks un dacht, dat iähre unschüllige Moder an'n leigen Strukridder fallen was.

„Laot se dat män denken, Lina," meinde Settken. „Den Pastor sienen Breef bliff äs Kordelikti in miene Treck."

De „schöne Lilofee" har'n romantisk Gemöt un satt gäern aobends draimend an den Aantendiek unnern witten Maond. Manks häwt de Kurgäste dat leiwelicke Stimmken höärt: „Et wassen twee Küöninkskinner –."

„Düsse dummen Leeder!" schennde Langelina. Oh, wat wuss se dervon, wat son junk Hiärt neidig har!

Eenes Dages kamm en Planwagen anrattert. Dat Wiewervolk leip ut de Küöck up Straot, wo jüst en brunen Jungen von den Buck sprank. He wuss sien Wiärks antepriesen, Seisen un Pannen, allerbest Iesentügs. De kleinere Jung reip män ümmer äs 's Siendjakob: Kaupt, guede Wichter, kaupt! Seisen, Pött un Pannen, auck Schosterpinnen, Niägel – kaupt! Kaupt!"

Dat wassen kine gewüehnlicken Seisenlaipers mähr äs in olle Tieten, wo de Mannslüde met den Puckel vull Seisen ut iähre suerlännisken Biärge düör dat Mönsterland büs in't Holsteeniske laupen sind.

Düt wassen düftige Iesenhännlers, de von de eegene Drakenraup vertellden un von iähren Iesenhammer. Met dumpen Bumms gonk de Hammer dal up dat füerige Iesen, dat äs raudgleinige Schlang düör ne Gauske leip. De Wichter mooken de Mul up in iähre Nieschierde up alle Vertellsels.

Raude Anna, usse Küöckske, koff den schwattbrunen Jungen allerhand aff. Män he keek bloss Flontine an, un se keek em an, un kin Engel stonn daobi un hät flistert: Is eens nich den Speigel von't annere?

„Kumm up den Siend, Wicht!" sagg de Jung, un Flontine nickede siälig. „All muorgen!" sagg de Jung. „Boll müettet wi wieder in't Holsteeniske." Un Flontine nickede. An'n annern Dag is se heimlick nao Mönster föhrt.

„Dao büste jä, Wicht!" sagg de Seisenlaiper un leit de mönstersken Kaiper bi sienen jungen Broer staohn. Siet an Siet, Hand in Hand is Flontine met den jungen Laurenz düör Mönster gaohen. Se keeken sick an un wassen siälig.

An 'n Aobend is de Jung met'n Rad nao Wolbieck föhrt, un Flontine flaug em an den Schlagbaum in de Arms. Ut den Deergaoren gongen se tesammen an den Aantendiek. „Ick sin kinen Don Johann," sagg de Jung füerig. „Ick mein't ährlick, Flontine. Sowat äs du is bloss eenmaol in de Welt."

„Un ick sin wisse kin Flüdderken," lachede dat siälige Wicht. „Ick häw Sülwerdalers up de Kass, un Tante Lina döht för mi Pennink üm Pennink sparen."

„Ick will jä bloss di, miene Flontine," sagg de Jung, un nu

stonn doch'n Engel bi de beiden un hät se trügge hollen, äs se alltegäern in de Strüker wullen.

„Du, mien Wicht, wenn ick trügge kuomm ut dat Holsteeniske, dann kür ick met diene Tante Lina," sagg de Jung, un Flontine honk em an'n Hals.

Se schreew sienen Namen up de Ränn von't Blättken, „Laurenz Rünkede". De annern Wichter mossen lachen.

„Langelina! Langelina? Flontine hät sick in den schwattbrunen Seisenlaiper verkiäcken."

„Wat küert ji dao?" sagg Langelina.

„Kiek doch sölwst!"

Iähr stonn dat Hiärt still. „Vertell mi, wat met di passeert is, Flontine!" Langelinas Stimm was bruocken.

„Och, Tante Lina, ick sin jä so siälig. Laurenz is kinen Don Johann. He will bi di üm miene Hand anhollen."

Langelinas wankede beswogt to Settken, de sick setten moss un liekenwitt wuor.

„Sakerdiöh! Dat is mi jä'n Dingen. Nu de Waohrheit, Lina, dat Kordelikti von'n Pastor. Och, de armen, armen Kinner! Ick weet, wu grülick em sowat midden in't Hiärt brennt."

Se gaffen den Breef Flontine te liäsen. Dat Wicht wuor witt äs Kalk an de Wand un foll üm.

Äs de junge Seisenlaiper kamm, moss he auck den Breef liäsen.

„Guod staoh mi bi!" reip he bloss, sprunk up sienen lierigen Planwagen un susede derdüör.

Heimlick is Flontine in de suerlännisken Biärge föhrt. „Laurenz, Laurenz, laot mi nich alleen! Wat könnt wi daoto? Kinen Hahn kreiht nao de Waohrheit, wenn du mi rechtens hieraoten döhs, Laurenz."

„Flontine, miene leiwe Süster, wi könnt us kin Glück von'n Hiemmel rieten."

Flontine stonn alleen an de Lenne. Dao kamm de Jung un hät dat leste Maol sienen Arm üm Flontine leggt. „Kumm, mien Süsterken! Du draffs nich düör dat Water midden in de Höll fallen!“ – Flontine, de „schöne Lilofee“ was kinen Winter mähr up de sünnige Welt. Paosken was no wied midden in't lange Fasten, up Lätare hät iähr junge Hiärt Ruh funnen, un Langelina bleew alleen.

De Bengelrüe

Jeden Hiärwst kammen Ohme Bähnd un Tande Trudis to us nao Wolbieck, üm Kur te maken. Beide wassen tunnendick, un wenn se ut iähren Jagdwagen steegen, moss Kutsker Terro kummedeeren: „Eens-twee-drei!" Up „drei" sprungen se ut iähre Kaor von't Trittbrett. Süs was de Wagen ümkippt.

Veer Wiäken hatte Kneippkur, un Ohme Bähnd har twintig, Tante Trudis fiefuntwintig Pündkes weiniger.

Jedes Jaohr droffen drei von us Kinner to Besök met in't Brook föhren. Endlicks kamm ick dran, met miene Süster Gertrud un mienen Broer Natz. Met Terro un Natz up den Buck un met Gejuch gonk't löss.

Ohme Bähnd frogg: „Un de Begelrüe, Terro?"

Terro keek sick üm. „Ick will huopen, dat Aos giff Ruh. To drei Mannslüde häwt wi en dicken Findlink up den Pütt wäöltert. Von den Dag an is nicks mähr passeert."

„Is nich waohr?" reip Gertrud. „En richtigen Bengelrüe? Sowat Dummes glaiw ick ganz un gar nich."

Natz moss lachen. „Doh mi dienen Püster, Ohme Bähnd. Ick scheit dat Biest daut."

„Ha! Scheiten, – en Warwulf scheiten?" sagg Tante Trudis.

„Waorüm wull nich?" sagg Gertrud. „Usse Natz is jä iärst twiälf, män he hät all nieggen Ringelduwen met eenen Schrotthagel von 'ne Dann halt."

„Kanns de Praohlerie laoten?" gnuerde Natz. „För mien Liäwen gäern will ick äs en Bengelrüe scheiten. Doh mi dienen Püster, Ohme Bähnd!"

„Nee-nee-nee!"

Äs wi in't Brook kammen, lagg de graute Hoff in de Sunn, un alls was so freidlick. Dao kamm Regin anklabastert.

„All wier 'ne Gaus rietten, all wier en Kalw affmurkst, all

wier in'n Busk en Buck upfriätten, un de Füörster hät bloss no Butten funnen."

„Schock schwaore Naut!" reip Ohme Bähnd.

„Dann wäöltert den Findlink män wier von den Pütt!" sagg Tante Trudis. „Mi schmeck kinen Kaffee met Pumpenwater."

Ohme Bähnd, Natz un Terro häwt den Findlink von'n Pütt wäöltert, un Gertrud keek in dat deipe Water un schmusede: „Huhu! Bengelrüeken, kumm doch herut!"

Tante Trudis reet se trügge un stüöhnde: „Kind, Kind du wees nich, wen du röpps." Se daih sick bekrüzigen un biädde:

„Laot den Dullen Christian
an ussen Hoff vorüöwer gahn!
Schwedenpack un Halverstadt
schlag vör't Gatt!"

„Juhu!" reip Gertrud utgelaoten. „Dat is jä tom Scheeflachen, de Dulle Christian äs Bengelrüe in juen Pütt!"

Nu wullen alle Kaffee drinken. De Stuowe was so gemötlick, brun de Balken, brun dat Sofa, brun de Tapet, brun de Koken, un boll drup kamm auck ne brune Gaus met Backtebiärnen un Prumen up den Disk, un alle fratten soviell, äs wenn de Punde forts wier dran sallden.

Nachts häwt Gertrud un icke us unner dat dicke Plümmo wäöltert, sind jede Stunn up't Hüüsken laupen. Ümmer beide tesammen. Dat Hüüsken honk vull von Beller, en Hüüsken, wo kineen ne Pill up neidig har.

Dao stonnen Jan van Leiden, Knipperdollink un Krechtink un wuorn met gleinige Tangen knieppen – un dat in Mönsters Guede Stuowe! Dao susede jüst de Gijotin düörn Hals von'n schön Wicht. An de Düör, unnert Hiärtlock, daihen Femrichter met spitzke Müsken en armen Verbriäcker uphangen. Sien vertwievelte Wiew lagg unner de Eek met twee Kinnerkes, hät nicks nützt. De Käerl kreeg auck no ’n Mess deip in de Buorst. Oh, dat Bloot reerde män so von de Beller, un dat was genau dat richtige Hüüsken för Lüde, de sick jeden Dag pännkesfull friättet.

Gertrud un mi was dat von all dat Bloot üewel, un wi sind unnert Plümmo kruoppen, äs en schuerig Gehül buten düör de Nacht flaug. „Glöwwste nu an den Warwulf?“ green ick.

„Nee! Nee! Niemaols!“ sagg Gertrud un moss Lucht halen, büs se noog har un wier unnert Plümmo kraup.

„Dat was he, de Bengelrüe!“ sagg Ohme Bähnd bi dat fette Fröhstück.

„Ick mag kinen Kaffee, wo de Bengelrüe drin schietten hät,“ sagg Natz. „Doh mi doch dienen Püster, Ohme Bähnd!“

An ’n Aobend hät Regin us von Margreit vertellt, de up düssen Hoff en waohr Wunner von „Mutterliebe“ daohn hät. „Mutterliebe,“ sagg Terro, „sowat von Wunner kann bloss haugdütsk passeeren.“ Män so konn Regin dat nicht vertellen, un Terro auck nich. Met siene rösterige Stimm fonk he an te singen, äs wenn en Pruockeliesen Viggelin spiellt.

„Bet, Kind, bet,
muorn kümp de Schwed.
Ossenstiärn, de baise Mann
stickt us Hoff un Schüer an.“

„De Schwed kamm iärst later,“ vertellde Regin „Domaols wassen de Halverstädtsken de Muordbriänners. In usse Duorp häwt se de Kiärk un alle Hüüser in Brand upgaohen laoten. Usse Buer wuor daudschlagen. Margreit met Bessmoder un Kinner leip in den deipen Busk. Äs se sick wier up den Hoff truede, stonn bloss no de Höhnerstall met wehrige schmächtigere Höhnerkes. Margreit green üm iähren Klaos un üm Piärde, Küh un Schwien, satt an den Pütt un was an’t Klagen.

Bessmoder sagg: „Grien nicht, Margreit! De Pharao is auck antlest dran kuommen. Dat deipe Water hät em deckt, he sunk to Grund äs ’n Steen.“

Dao kamm en Käerl met'n Fiäderhoot angalopeert, sprunk ut den Saddel un reip: „Ha, wat leckere Wichtkes un leckere Höhnerkes! Forts will ick Eier in de Pann häwwen un dann den Hahn!“ Un he pock sick den Hahn un daih em den Hals ümdreihen. „To-to!“ kummedeerde he wöst un wull sick eene von Margreits Döchter packen.

„Guod in'n Hiemmel!“ green Margreit. „Niähmt mi, Häer, niähmt mi!“

„Sone afftiährte Siegge?“ lachde de Käerl. „Hiär will ick mi'n gueden Dag andohen. Junge, was dat ne Plackerie för mienen Halverstadt. Dann hät em Tilly bi Stadtlauhn packt, un icke nicks äs weg. Nu sin ick hiär un will sölwerst den Halverstadt spiellen.“

Margreit un de Kinner wassen stockstief vör Angst. Bloss Bessmoder moss son lück lachen un sagg: „To, Margreit, schlag Eier in de Pann, un Siska sall den Hahn braoden.“

„Miene Kinner, miene Kinner!“ hülde Margreit.

„Gued denn!“ gnuerde de Käerl un kreeg Warwulfsaugen. He pock sick Margreit un lachede: „Wenn du mi up dienen Puckel üm de Brandstiär drieggen kanns, dann will ick afftrecken, hahaha!“

„Driegg em, Margreit!“ lachde Bessmoder un daih stillkes biädden: „Häerguod, mak en Lichtgewicht ut den Satansbalg!“ Dann flisterde se vergnögt för sick hen: „Den Pharao, den Pharao, dat was'n stolten Buck.“

Dann is de Buskklepper up den Puckel von de arme Margreit sprungen, und se hät em üm de Brandstiär druoggen. De Kinner hüleden wild, män Bessmoder sagg: „To-to, back de Eier, un du, Anna, deck den Pütt up un hal Water för en Höhnersüppken för ussen Frönd! Un kiekt bloss jue Möderken an! Dat löpp, äs wenn de Käerl en Fiäderken wäör. Kumm, Margreit, kumm! Rest di ut! Nu häs jä wunnen.“

„Hahaha!“ reip de Käerl, „wat du nich meins, olle Schrut!“ Un met en wiäderlick Düwelslachen krieskede he: „To! Wier dreimaol üm de Brandstiär, büs du daut henfäölls, un dann friätt ick diene Eier, dienen Hahn un diene Döchterkes."

„Laot Margreit bloss en Augenslag utresten, Suldaot!" sagg Bessmoder un keek em met Wulfsaugen an. Un dao hät se em packt un von Margreits Puckel rietten und – nicks mähr äs en dumpen Plumps – –.

„Den Pharao, den Pharao!" lachede Bessmoder. „Dat deipe Water hät em deckt, he sunk to Grund äs'n Steen."

Regin was gans heesk wuorn bi dat lange Vertellen.

„Brrrr!" mook Gertrud, „un ut den Pütt doht ji drinken?"

„Och –," meinde Regin. „He ligg der jä all an de dreihunnert Jaohr drin."

„Un nu is dat Aos wehrig wuorn," sagg Terro. „Ick häw doch seihen, wu he met ne blootraude Tung ut den Pütt sprungen is, en rawenschwatten Warwulf. Dao helpt auck kinen Findlink."

„Hiär wäd viell teviell friätten," sagg Gertrud nöchtern, ne Dochter von'n Dokter, de Bescheid wuss, dat en vullen Buk mähr Spökenkieker mook äs de Uttiährunk von de „Blassen im Heideland."

Äs wie nachts wier unner dat Plümmo laggen, kamm üm Middenacht en grüggelsk Hülen met den Wind heran un dann forts en Knall, de us rigasweg ut dat Bedde schmeet.

„Ohme Bähnd, Ohme Bähnd!" reip Natz von buten. „Hiär ligg de Aosnickel, musedaut. Ick häw juen Bengelrüe met dienen Püster dautschuotten."

Wi leipen met blaute Fööt un in'n Polter nao buten. Terro kamm met'n Windlecht, un wi keeken us den Bengelrüe an, graut äs'n Kalw, rawenschwatt, un de füerraude Tung honk em lang ut de Struott.

„Bloss en gans besonner Kaliber von Rüen, Ohme Bähnd!" lachde Natz.

„Jung, du büs jä en Düwelsdunner!" stüöhnde Ohme Bähnd.

„Ick häw jä ümmer säggt, Bengelrüe giwwt gar nich," sagg Gertrud.

„Ick weet nich, ick weet nich," flisterde Tante Trudis ächter Oam. „Villicht is he doch'n Warwulf –?"

„Nee!" sagg Regin. „Dann har he met Natz siene Kuogel in den Buk wier menslicke Fazun krieggen."

„Hu! Nee!" pustede Tante Trudis. „Niemaols wier en Halverstädtsken up ussen Hoff! So, Regin, un nu kuock us äs 'n gans starken Kaffee, den hät mien Hiärt neidig."

„Ut düssen Pütt drink ick kinen Kaffee mähr!" sagg Gertrud. Ick wull bloss no nao Huse, Gertrud auck, Natz auck.

In Wolbieck bi us gaff't auck en Pütt met dat schönste, klaorste Water, män kinen Halverstädtsken drin un kinen Bengelrüe.

Majister Casser

För mi äs Kind was he de schönste Mann, ussen Majister Casser, met siene raidlicken Haor, sien Sieggenbäörtken un sienen schwatttrännerten Niäsenknieper. He was wat gans Besonneres för mi. Wenn he sank un sprank, dirigeerde he met beide Arms nich bloss usse Leeder, auck den wieden Weg von den ägyptisken Josep büs an den Nil un den trurigen Weg von den Paradiesesgaoren büs in de Lünebuorger Hei, woa usse Stammöllern bloss den dünnsten Bookweiten tüsken Disteln un Döärnen maihen konnen.

Riäknen un Schriewen gaff't so tieggenbi, män dat was en besonner Wunner, dat wi up't Pünktken genau schriewen un liäsen un up'n Nullpunkt genau riäknen lährt häwt. Un dat was gar kine Plackerie, ähr en Plaseer, auck dat Klaveerspiellen. Usse Fingerkes flaugen äs Vüögelkes, wenn he met siene Stiäwelspitz tellen daih: „Eens un twee un drei un veer!"

Alle Geschichten ut dat Olle Testament leipen düör Wolbiecks Straoten, düör den Deergaoren, üöwer Kämpe un Pättkes. De steenolle Jakob schickede sienen Suohn Josep met Kaffee un Braut to siene Bröers, de up Fronhoffs Wieske de Judenküh uppassen daihen. Ut bar Affgunst häwt se den schönen Josep in Hollings iähren verdrügten Pütt schmietten. Dann kammen Tüödden ut Mettingen, häwt Josep wier ut den Pütt trocken un met'n netten Menskenhannel Josep von siene leigen Bröers kofft. Dann trocken se met em nao Warenduorp, wao de graute Pharao jüst gans düster ut de Wöschke keek. He har von siebben fette un siebben magere Küh draimt, de ut de Wärse steegen un up grülicke Wiese Muh-Muh mooken. De klooke Josep hät den Pharao säggt, wat dat bedüden daih, un so is he met de Tiet de riekste Mann von Ägypten wuorden. To sienen steenollen Vader haren de Aosnickels säggt: „Ein wildes Tier hat ihn zerrissen."

Wenn Majister Casser dat vertellde, namm he Änne iähre raude Jack von den Haken, un wi häwt akkraot Josep sienen blööderigen Rock seihen un met Jakob üm „Joseph, mein Sohn Joseph“ hült. No iärger was dat för usse Kinnergemöt, wenn de unschüllige kleine Benjamin wiägen den stuohlenen Sülwernapp stiärben söll. Un endlicks sagg Josep dat iäwig schöne Woart: „Ich bin Joseph, euer Bruder.“ – Arme Blagen vandage, de düsse Geschichten nich mähr von'n Majister Casser in't Hiärt guotten kriegt!

In usse Hiärten liäwt se alle, Judit un Esther, Daniel un Habakuk, den grauten Fiskfank un den kleinen Zöllner, de up den Schaopsniäsenbaum an de Angel kleien moss, üm Jesus te seihen. Jä, wat Majister Casser us an Bildunk metgiäwen hät, dat hät eegentlick för usse ganz Liäwen langt.

He har'n giälen Reidstock. Wenn he den up den Puckel von baise Jungens son lück danzen leit, fluogg alle Unducht ut de Lümmels äs Kaff von'n Weiten. Bloss Mackel was'n hattgesuottenen Sünner, un utgeriäkent hät düssen Schleif ussen Majister ut de iärgste Pedrullje holpen. Mackel har bloss unwies Tügs in den Kopp. He leit Müse un witte Kaninkes unner de Bänk laupen. He föhrde up ne Iesscholl üöwer de brusende Angel. Un Mackel verdreihde alle de netten Viärskes, de Majister Casser us lähren daih, so auck dat Viärsken:

„Und das Hündchen auf dem Schoß
bellt vor lauter Freude los.“

Mackel sagg:

„Und der Moppel auf dem Schoß
läßt vor Lachen einen los.“

Eenes Dages kamm sonen fröndlicken ollen Schoolraot, un de frogg: „Wird hier auch jenug jesungen und jeturnt?“ He was 'n Prüssen ut Memel.

Mackel hät sick meldet. He sank: „O Buer, wat kost dien Hei?“ Dann stellede he sick up den Kopp un leiht toglieks siene Pistol met ne Platzpatron lösskrachen.

„Ausjezeichnet!“ lachde de Schoolraot. „Janz jewiss wirst du mal ein juter Jardist!“

In ’n Hiärwst kamm en jungen Schoolraot. He haar en Schnurrwitz met upfriseerte Spitzen un en Lusepatt twiärs düör siene pomadiseerten Haor. Nee, bi Liäsen un Riäknen, dao konn he us nich packen. Dao frogg he met sien lubietske Gneesen: „Wie heißt unser allerjnädigster Landesherr?“

Landesherr? Dat Woart haren wi no niemaols höärt. Wi alle keeken dumm dal, icke up de Lüs, de ut Liesken iähre rauden Haor reerden, un de ick met mienen Dumennagel knappen daih; süss wassen se mi auck in mien Haor kruoppen. Änneken kreeg ne Erlöchtung un wiesede up, sagg aardig: „Jänsken Poggenbuorg!“ Dat moss wull stimmen, de was ussen Bischop. Majister Casser wuor witt üm de Niäse.

„Soso!“ mook de Schoolraot. „Wer ist unser allerjnädigster Kaiser und Herr?“ Ick dacht bi mi, wat frögg de Käerl so daor, män ick was viell te blai, üm „Wilhelm“ te säggen. Dao wiesede Mackel up un reip fierlick:

„Dem König von Preußen,
dem will ich was – – –.“

„Haaalt!“ reip Majister Casser, „Haaaalt, Max, setzen!“

De Backen von den Schooraot fongen an te mahlen. „Ich fürchte, Herr Hauptlehrer,“ gnuerde he met ne gans scharpe Stimm, „ich werde Etliches melden müssen.“

Mi wuor’t so bang üm Majister Casser. Wat söll bloss „Etliches“ heiten? Nu daih sick Pina melden, ’son richtig Fleppwicht, un se sagg sööt: „Mackel hat gerade gemeint, der Schulrat, das wär’n ganz alten Schluffen.“

Majister Casser mook beide Augen to vör de baise Welt, de en Hauptlährer wier to ’n gans klein Majisterken maken konn. De Schoolraot leip an äs’n kuockten Kriäft un gruol-

Muh-
Kuh

lede: „Jnade vor Recht! Ein allerletzter Versuch also! Nun singt mal ein vaterländisches Lied, – ‚Es braust ein Ruf wie Donnerhall.' Los!"

Dat Leed kamm us heesk ut de Kiählen, äs wenn der heete Kartuffeln drin satten. Wi wassen no nich bi ‚Donnerhall', dao was Mackel düör den Gang nao de Wichtersiet kruoppen, un jüst up ‚Donnerhall' knallede he siene dickste Platzpatron ut de Pistol dat Fleppwicht Pina in den Nacken. Pina krieskede äs'n affstuocken Schwien. Un de Schoolraot? Weg was he, herut un de Düör, de met en twedden Donnerhall tokrachen daih.

„Ut! Alles ut!" stüöhnde Majister Casser. „Oh, de Schande, de Schande!"

„Aowat, Hallähr!" reip Mackel. „Den Schaleier trut sick doch nicks te säggen, so blameert, äs ick den Ramplassanten häw. Daobi konn ick doch gar nich mähr up em anleggen. Et was miene leste Patron."

Ussen gueden Majister is gar nicks passeert. Ne Wiäk later wuss Köster Overmann dat Nieste ut't Blättken. „De hät sick versetten laoten, wied noog von Wolbieck, nao Memel." Nu konn us Majister Casser met'n ganz licht Hiärt wier von Susanna im Bade, von Nabuchodonosor un von de Klooken Jungfrauen un dat Jüngste Gericht vertellen.

„Dat Jüngste Gericht – oh, miene Kinner! Ick will bloss huoppen, dat kineen von ju an den Dies irae ropen mott ‚Ihr Berge fallet über mich'."

„Och, Hallähr!" sagg Mackel. „Daomet kann doch wull kinen Wolbiecksken meint sien. De moss jä süss iärst büs an de Baumbiärge laupen."

„Du büs doch'n ganz Wiesen, du Undocht," lachde Majister Casser un gonk met us in de Kiärk, wao Mackel un Jöpp em den Blasebalg triäden mossen.

Majister Casser sien Üörgelspiel leit alle himmlisken Heerschaoren danzen. Küönink David danzede vör de Bundeslade, un dat gansse Volk Israel leip tesammen un hät bi

Majister Cassers Üörgelspiel sungen „Hosanna dem Sohne Davids!“ So schön konn Majister Casser up de Üörgel tuwern.

Pängel-Anton

Ick häw an'n Graofenbusk siätten. Dat junge Lauw ruock so schön. An de rösterigen Iesenbahnschienen stonnen Hüchte von Ossenblomen. Ut dat Steengerümpel tüsken de muorsken Balken was Gräss haugschuotten. Ick keek den Schienenstrank lank, – alls daut unner Rost un Unkrut. No en paar Jäöhrkes, dann hät de Busk em wierhalt, – dienen Weg, Pängel-Anton, un de guede olle Tiet is gans un gar vörbi.

Guede olle Tiet? Nee, dat was de Postkutskentiet, äs Postilliöner Fritz Bockholts twiälf Jaohre lank sparen moss, üm endlicks Kläör Kocks un iähre Gastwärtschop te hieraoten. Dat is all ne halwe Iäwigkeit hiär.

Domaols bümmelde no Hiärm, den besuoppenen Dagleihner, düör Wolbieck. In sienen schietendicken Tostand hät he all de gleinigen Lechter von den Pängel-Anton seihen, de doch no gar nich von Angelmue üöwer den Berlerkamp stampede. Hiärm hät von sien Vörgesicht dann to Daude verschruocken in Wolbieck vertellt:

„De Klaonenkasper is von Angelmue heranstampt, jüst so äs ‚wat dat stüff, wat dat stüff, wenn de Buer siene Schuffkaor schüff'."

Äs dann de iärste Pängel-Anton up sienen Schienenstrank üöwer den Berlerkamp stampt is, dao hät Hiärm drup wiesen un stuottert: „Süh-süh! Wat häw ick säggt? De Klaonenkasper kümp un will gans Wolbieck verslingen." Daomet is Hiärm daut ümfallen. He bleew dat eenzigste Daudesopfer. Nich eenmaol hät in't Blättken staohn: „Hundert Todesopfer bei Zusammenstoß zwischen Tönnishäuschen und Sendenhorst." Nee, son Malöhr hät Pängel-Anton in de ganzen Jaohre nich up sien Gewietten laden.

Ha, wat was dat doch för'n vergnöglick Juckeln un Wakkeln! In usse Schooltiet gaff't no nich sowat Upgeblaosenes äs en rauden Triebwagen. Dao was Pängel-Anton no blai un eenfäöltig äs jeden echten Mönsterlänner.

Vandage? Ick draff gar nich dran denken. Pängel-Anton is bloss no sien eegen Gespenst. Un ick sitt an'n Graofenbusk un kiek mi de Augen ut. Kümps denn nich endlicks? Dao kümp he, dao kümp he!

He stampt daohiär „wat dat stüff, wat dat stüff, wenn de Buer siene Schuffkaor schüff". Un he leckt mi met siene lange Rauckfahn äs met ne Rüentung üöwer mien Gesicht. Ha, wat rück dat lecker! Echten Rauck! Kinen modisken Benzinstunk von de lackeerten ingebeldten Autobusse.

Domaols haren de armen mönstersken Blagen den ganzen Nomdag Tiet för iähr Schoolwiärks. Wi Wolbiecksken Blagen haren nomdags ganz wat anners te dohen, Raiber un Schanditz spiellen, Bastert un Pottlock spiellen. Muorns was jä Tiet noog, üm nich sitten te bliewen. Usse guede Dutz höärde jä to de Beduernswärten, de Majister Casser up't Paulinum un de Döchterschool jacht har.

Eenes Dages kamm ick ut de Vakanzen von Baukum trügge. In Hamm kreeg ick son Gusto, den Ümweg üöwer Niebiäckem te maken. Erbiärmelinghoff un Drecksteenfuort wassen mi egaol. Ick wull jä bloss met mienen leiwen Pängel-Anton föhren. Sonen Hans Damp in Hamm daih mi ne Ümwegkart utstellen, wo nicks richtig up te liäsen was. Ha, wat was ick froh, äs ick in Niebiäckem in mien vertrute Kuppee stiegen konn. Jüst steeg auck sonen dicken Qintensliäger in, de forts dat gansse Kuppee unnerhollen daih.

De Käerl vertellde wat von ne Hulda, de bi ne Baronnin in Denst west was. Siet düsse Tiet har Hulda en wahn Verlangen nao siedene Unnerbucksen, bloss kin Geld för de düere Siede. Dao hät se sick de Siedenschleifen von de Daudenkräns stuohlen. Eenes Aobends hät sick Alwine, de Wittnaiherske, up Luer leggt wiägen iähren dauden Vader. Dann hät Alwine düör'n Quakeltenstruk tokiecken, wu Hulda de siedenen Schleifen stuohlen hät.

Wat will dat Luder bloss met miene Siedenschleif för usse Pappa, dachde Alwine. Sone fiene Schleif un met „Letzten Gruß von deiner betrübten Tochter Alwine". Hulda hät doch gar kinen Dauden un kine betrübte Dochter.

Lanksam is Alwine iähr naoschlieken. Dao satt – äs Alwine stikum düör dat Fenster keek, – Hulda all an de Maschin un was flietig ant Naihen. Alwine kloppede an. Hulda schaut haug un schmeet dat Siedentügs ächter dat Schapp in de Eck.

„Du elennige Stiähldeiwin!" schennde Alwine, äs Hulda met bierwerige Knei dat Fenster upstott. „Ick zeig di an, du Puttkersdochter! Mienen dauden Vader de Siedenschleif von mienen düeren Kranz rieten!"

„Och, Alwine, zeig mi doch nich an! Daude brukt jä kine Unnerbücksen mähr. Män ick har ne nie Unnerbücks so neidig. Mien fiene Fell an't Ächterpant brük doch Siede."

„Unnerbücks?" verwünnerde sick Alwine, un Hulda nickköppede.

„Nicks anners, Alwine! Du kanns di üöwertügen." Un Hulda hät geschiämig iähre Röck upbüöhrt. Dao konn Alwine in Gold up Schwatt liäsen: „Letzter Gruß vom Bläsercorps."

Wi haren in dat Kuppee no nich utlacht, dao kamm de Schaffner. Nu wull ick mi eegentlick mien Mönsterland in't Riängendröppeln ankieken un von all den trulicken Spök draimen, de to usse Land höärt as de Kohschietplacken in't Gräss. Ick wull Clemens August düör de Büsk galoppeeren seihen un de schnüffeligen gneesigen Rentmesters utlachen, wenn se iähre spitzken Niäsen nao Balkenbrand spikkeleeren leiten un in de Küötterien nicks finnen konnen. Un wat häw ick mi drup freit, in usse fromme Naobersduorp Abslauh düört Fenster te ropen „Abslaihske Bracken!" So haren wi äs leige Blagen doch ropen, wenn de Abslaihsken met iähre witte Muoderguods up Telligtprossjohn düör Wolbieck trocken. Midden up de Hoffstraot fongen se ümmer an te singen „Oh Maria, hilf uns all hier in diesem Jammertal!“. Usse Wolbieck en Jammertal? Dao flaugen ächter alle Niendüören hiär de Piärdeäppel up de Abslaihsken, bloss nich up Maria, dat was klaor.

Mi bleew gar kine Tiet, an all dat te denken.

„Was soll das?“ frogg de Schaffner. „Ne Karte, wao man nicks auf lesen kann? Gilt nich!“

„Bitte, Herr Schaffner – ick häw mi doch extra ne Ümwegkart utstellen laoten.“

„Unsinn, gilt nich! Direkte Strecke Hamm–Münster. Sie fahren ja mit die Kirche ums Dorf. Gilt nich, sagg ich!“

„Aber das möchte ich ja gerade, möglichst lange mit dem Pängel-Anton –.“

„Waaass? Und sowas wie Sie wagt so mit unsere ehrliche Landeseisenbahn umzugehen? Mit ne falsche Karte einfach in die weite Welt? Vielleicht Belecke un Brilon fällig?“

„Guter Herr Schaffner, – wat schiärt mi de Suerlänners!“

Wi kriegt Krach, twee mönsterlänniske Dickköpp. Ick sall betahlen. Nee, kinen Pennink!

He settet sick tiegen mi, en düftigen Jungen met Buernfüst un schlaue Augen. Ick glaiw, de is ut Abslauh! Sien Moder hät em von Kindsdagen an säggt ‚Tru kin Wolbiecks Wicht, dat krigg di dran, dat Aos!‘

He schlött sick met de Füst up de Knei. Glieks schmitt he mi herut in den Graben tüsken de Brenniätteln. Was ick dumme Dier doch bloss up’t Hüüsken laupen! In usse Schooltiet leipen wi ümmers up’t Hüüsken, wenn wi usse Monnatskart vergiätten haren.

Pängel-Anton, ick sägg di, dat was’n gans Trüen. De hät kinen Grösken för di koppheister gaohn laoten.

In Wolbieck brengt he mi to den Stationsvorsteher, äs wenn he mi in’t Kittken brengen wull. De guede Mann konn liäsen, auck de Kart von den Hans Damp, un ick moss nich betahlen. Ha, de junge Schaffner leip rausenraud an. Am leiwsten har he mi begaohn. Och, Jung, ich driäg di nicks nao.

Villicht häwt de Abslaihsken jä Recht, wenn se us nich trut? Dat is jä so: Wi sind arme Sünner, män in Abslauh giff't kine Süöpper, kinen Wilddeiw, kin ledig Kind, – son fromm Duorp!

Lesten häw ick den Jungen wierseihen. He satt in ne fiene Uniform in den stolten Autobus. „Süh an!" sagg he. „Und Sie meinen wohl, heute täte ich Sie mit Ihre falsche Karte über Roxel und Nienberge nach Wolbeck kutschieren?"

"Och, Jung!" sagg ick, wieder nicks. Wat wees du von miene unwiese Truer üm ussen schönen leiwen Pängel-Anton un siene lange Rauckfahn!

Armesiälen

We sall us nu Holsken maken? Mester Wilm is daut. So fiene Holsken hät he makt, glatt hüewelt, vüörn spitz, midden drin en Hüchtken, wo de Pattken week up liggt, un bi jeden Tratt kümp Lucht an de Schweetquanten, so gesunde, menskenfröndlicke Holsken.

Mester Wilm is siälig inschlaopen, up Allerhilligen bi dat iärste fierlicke Klockenlüden. Guede olle Mester Wilm! Nu geihste nie mähr met mi up den Kiärkhoff, aobends, wenn't düster wäd un diene Stimm di so sacht ut de Struott flistert, äs wenn de stillen Slaipers ut iähre Griäwer runeden. Büste in'n Hiemmel? Ick sin üöwertügt. Niemaols büs du en Wiesepinn west, nie'n lichtfeddigen Quintensliäger, Kniepstiäwel, Schaleier. Nie häs du dienen Naichsten bedruoggen un sien Wiew in de Strüker trocken. In usse Kinnertiet wäörs du en heimlicken Schutzengel, Mester Wilm, un häs usse Siälen versluotten tieggen baise Äöserien. Diene Wiärkstiär was usse leiwste Spiellstuowe, diene Sagespäöne deip Water, en Holsken usse Schiäppken. Du häs sungen:

„Sechs Krüg' mit rotem Wein
schenkt der Herr zu Kana ein,
zu Kana in Chaldäa,
Städtchen in Galiläa –."

Du häs us met diene Leeder all dat in't Hiärt timmert, wat för usse Kinnergemöt gued was. Nu büs du daut!

Alleen gaoh ick tüsken de Griäwer hiär. Üöwer mi driewt swatte Wolken, Droppens fallt dal. Latüchtkes speigelt sick in blanke Graffsteen. Hauge Liäwensbaim un siege Quakelten beigt sick lanksam in'n Daudendanz. Oh, ji Armsiäligen, – is jue Daudesangst vörbi?

Meier schnuorkt. Mien Hiärt tuckert, ick höär dütlick sien Schnuorken. So hät Meier schnuorkt, äs de Sarkdieckel tonagelt wuor, un de Mannslüde sind vör Schiss weglaupen.

Bloss eenen hät sich der wier hentrut un den Dieckel upriet-
ten. Dao was Meier still, un se häwt em begraben. Mott he
nu doch wier schnuorken büs an den Jüngsten Dag?

Twee Wichtkes laupt düörn Patt un lacht harre. Pst! Pst!,
nich lachen tüsken Daude! Se meint, dao was'n Igel an't
Schnuorken. Daudesangst kennt se nich, de Kinnerkes. Iähr
schuert nicks den Puckel dal. Arme Meier!

„Der für uns Blut geschwitzt hat –."

Mester Wilm, kumm doch! Diene sachte Stimm: „Laot us
för de armen Siälen biädden!"

Dao ligg de Dagleihner, jeden Dag besuoppen, un siene
Blagen wuorn nich satt. He honk sick up an de Ledder.
Unnern Patt met den wiäderlicken Süöpper!

Dao ligg de Friersmann, de von alle Wichter veröhmt
wuor. Met spitzke Finger daih he den Griff in'ne früemde
Kass un har doch kin Glück bi de arme Fina. Dao hät he
Rattengift in sien Köppken Kaffee daohn. Unnern Patt met
den armen Hund!

„Der für uns ist gegeisselt worden –." Mester Wilm, ick
biädde met di.

Josuah! Gans vull swatte Truer. „An den Flüssen Baby-
lons saßen wir und weinten." Josuah green un spintiseerde:
„Oh Euphrat, oh Tigris!" Nich de Flüsse Babylons nammen
den armen Juden up. Dat daih usse leiwe gröne Angel. Se
trocken em herut, un nachts hät kineen Josuah sien trurige
Judengesicht erkannt. Se häwt den verluornen Suohn Israels
bi Nacht un Niäwel unnern Patt begraben. De Juden häwt
Josuah wier utgraben, män kinen Steen hät up den Juden-
kiärkhoff von Josuah sien erbiärmlicke Liäwen tügt. Van-
dage tügt kinen Steen mähr von usse frommen wolbiecksken
Juden.

„Der für uns ist mit Dornen gekrönt worden –."

Nu sühs du dienen Messias, Josuah. Nu bruks du nich
mähr te klagen ‚Verbirg doch dein Angesicht nicht vor mir,
da ich so voller Angst bin'. Josuah!

Äs eenes Dages leige Jungens buoben up den Balken von de Synagoge laggen un sick dat Biädden un Singen düör dat fuele Holt anlustern daihen, gaff't en Krach, un Clem schaut düörn Lock dal unner de Juden. Josuah hät den Riäckel met beide Arms upfangen un ropen: „Der Messias ist gekommen, der Messias ist gekommen –."

Och, arme Josuah! Dat is de eenzigste „Freudenschrei der Seele" west. Män nu kannste jubileeren, Josuah! „Preise, meine Seele, den Herrn!"

Wied is de Weg von Leddern un Giftkümpkes un Brüggen büs an den Daud, un alle fallt in Guods Hand.

Guede Mester Wilm, du häs kinen Mensken in de Höll stoppt. Diene Stimm: „Laot us för alle biädden, de guodsiälig stuorben sind! Genau könnt wi dat nich wietten, Kind, off se forts in de Siäligkeit fluoggen sind. Bloss Trudis, dat Pückelken, – dao weet ick, wu dat togonk: Iähr hatte Liäwen, un ümmers de blanke Demot. Un äs se de Augen tomakt hät, dao häw ick in de Lucht de Jucherie höärt, den Engelsank. Ganz swiemelig is mi dat wuorn, un ick moss lustern un häw seihen, wu Trudis sick upswungen hät, kin Pückelken mähr, dat schönste Wicht. Ick weet, wat ick weet. Dat weet ick auck bi de Gövertstante, de so krumm un scheef was, dat iähre Niäse boll an iähre Knei stott. Jeden Muorn hät de Gövertske, dat hiärtensguede Fraumensk, dat Knabbelkümpken up'n Brettken unner Tante iähre Niäse schuowen, dann auck dat Naihtügs. Un Tante daih naihen, Dag üm Dag, Jaohr üm Jaohr. Se wuss alleen den Weg nao Kiärk. Nachts schleip se in 'ne düstere Kammer, dat Fensterken gonk nao de Soo hen. Naihen un biädden, büs eenes Muorns dat Kümpken still stonn, un Tante satt dao krumm un still. Wat döht Guod met so'ne Tante. Kind, wat meins?"

„Der für uns das schwere Kreuz getragen hat –."

„Laot us biädden för alle verlaotenen Witwen un Waisen, för de, an de kin Mensk mähr denkt, för de mannsdulle Stina, för den Gneesepinn, de twee Pennink in den Klingelbüel daih, för den Rieken, de en Meineid schwuorn hät, för den Leigenbühel, de soviell leig Tügs üöwer guede Lüde vertellt hät. Villicht müettet se no ümgaohn, alle Baisen, un wi könnt iähr Hülen nich höären."

„Aus der Tiefe rufe ich, Herr, zu dir –."

„Nu ruk äs, Kind!" Mester Wilm neigede den Kopp. De Wind streek düör sien griese Haor, äs he siene Müsk afftrock. Mester Wilm daih 'n fien Kraitken tüsken de Finger riewen. „Düt hiär rück nao dat Hauge Leed, wat? Jä, Mia was'n Wicht, wat nich alle Dage düör Wolbieck löpp. Iähren Brühm hät se laupen laoten un de rieke Nette friet. Mia hät den Ungetrüen nich verflökt. Äs dat rieke Nettken unwies wuor, hät Mia för de Kinner suorgt. Dao wull he dran, an dat anmaidige Wicht. Mia hät lacht: „Nee, mienen Leiwsten, so nich."

„Große Wasser können die Liebe nicht löschen."

Vör Jaohren stonn dao en graut Steenkrüz unner olle Linnen. Nu is't weg, de Baim sind auck affhauen. Düör de Wolkenbiärge kick de niäwelige Maond up de Griäwer.

Dao slöpp Pastor Alfers, den milden Mann, ümmer so'n lück blai, kürde nich viell, auck up den Priägtstohl nich von gewaoltige Macht. Bloss, wenn he von Sakrament priädigen daih, kamm de Geist üöwer em. Pastor Alfers! Auck siene Stimm meerstiet en lück minn. Bloss up Paosken, in de Nacht, kamm de Geist ut sien binnerste Hiärt: „Victimae paschali laudes immolent christiani."

Dao ligg dienen Suohn, Mester Wilm, ussen Frönd Fritz. Lank un dünn kamm he an de Angel, satt bi us in't Gräss un kreeg kine Pust. Wi häwt us schiämt, wi haren Pust noog un mossen kin Bloot spiegen. Fritz was ümmers vergnögt un vertellde us tüsken sien Pustschnappen von siene Draime, lutter krus Tügs, so spassige Draime bi de Schweeterie in de dicken Küssens un unner't Plümmo, dat Fritz siene kollen Fööt warm mook. Wi mossen nich so grünlick schweeten un draimen äs Fritz, den armen Blootspieger. Antlest was Fritz so blao äs'n Violken, un siene Pust wull nich mähr ut de kaputten Lüngsel.

„Der für uns ist gekreuzigt worden –."

„Nu hät he Pust noog, mienen Fritz," lachde Mester Wilm. „Dao liggt usse Öllern, diene und miene, Kind, guede Lüde, fromme Lüde, bruks kine Angst üm te häwwen."

Nu is Mester Wilm sölwst daut. „Herr, in deine Hände empfehle ich meinen Geist," hät he säggt, un dann flisterde he: „Gued gaohn!"

„Herr, gib Frieden dieser Seele", singt de Wolbiecksken.

Hexenwolbieck? So veröhmt us früemde Lüde. Sind denn nich vielle Wolbiecksken guodsiälig stuorben?

Fief Gerechte wassen noog west för Sodoma un Gomorrha, män se häwt sick nich finnen laoten von Lot, un dao foll Füer von den Hiemmel. Up Wolbieck föllt kin Füer. Usse armen Siälen streckt iähre Hänn ut üöwer usse Duorp. Wat sall alle Angst un Naut?

Häwt de Wolbiecksken nich siet undenklicke Tieten sungen: „Christ ist erstanden von der Marter allen?"

In Wolbieck is wat fällig

In Wolbieck was in usse Kinnertiet manks wat fällig. Eenes Dages was ick met Mina jüst an't Pottlockspiellen, äs Libbetken kamm un reip: „Junge, Junge! Bi Mosterts is wat fällig." Wi sind forts upsprungen, häwt usse Been up'n Nacken nuohmen un sind löss buorssen.

„Is een daut?" frogg Mina, „Düör de Luk fallen?"

„Aowat!" pustede Libbet.

An Mosterts stonn halw Wolbieck herüm.

„Häwt se eenen affstuocken?" frogg ick.

„Quaterie!" sagg Moder Siska. „Wel will den bi sücke brave Lüde eenen affstiäcken? Nee, ne Frierie is antoch."

Mia wuss Bescheid. Mia wuss ümmers Bescheid, se was de Klöökste in School. „Heine Mostert will'n riek Wicht frien. ‚Moss auck können', meint Vader Mostert. Dat kamm so: Vandage hät he in Mönster en Wicht upbüöhrt, wat sick derdal krieggen har. He daih iähr den stuwigen Rock affstuwen, un se moss lachen, äs Heine iähr so sacht dat Ächterpant begonk. Dann wull se pattu bi Pinkus en Glass Beer drinken, Aoltbeer, versteiht sick, män Heine har bloss een Kassmännken in Task un wull nich leigen. ‚Wat döht dat?' hät dat Wicht lacht. ‚Ick iärwe ne Teigelerie un 'ne Fueselstüöckerie von twee Öhms, beide Eenspänners.' Dann hät Heine up iähre Kosten Aoltbeer drunken un Pinkus sien leckere Töttken giätten. Un he hät sick wahn in dat Wicht verkiäcken. Nu will he se gäern frien. ‚Moss auck können,' meint Vader Mostert, ‚Wi sind arm' –."

Mina, Libbet un icke nickköppeden. Mosterts wassen fromm, üörndlick, ährlick, bloss arm. In olle Tieten was Mostert en rieken Buorgmann von Dirk von Merveldt west. Büs an usse Dage heite no en Schlagbaum an den Deergaoren Mosterts Baum von den Drosten sienen Buorgmann. Nu wassen Vader un Heine bloss no Dagleihners in den Deergaoren, un Moder gonk wasken von wiägen de nieggen kleinen Blagen.

„Schriewt se sick denn?“ wull Libbet wietten.

Auck dat wuss Mia. „Klaor! Se hät Heine all drei Breefkes schriäwen, klaor, nich, bi so'nen schönen Jungen!“

Heine was lank un swank, en krusen Flasskopp, bloss arm. Nu wull up den Sunndag dat rieke Wicht met iähre Familje nao Wolbieck kuommen un sick bi Mosterts son lück ümdohen. Moder Mostert wuss Raot.

Biäddeln was 'ne Schande, Buorgen nich för eenen Dag.

Un dao kamm Fritz all met drei fette Schwien, un Clem daih de no twee Schwien bi. Gaorthus kamm met siebben Küh, un Melchior hät siene blanken Piärdkes up Mosterts iähren lierigen Kamp bracht. Mosterts Hoff was jä wull 'n ganz anseihnlick Anwiäsen, bloss alle Ställ lierig, un de Armot satt in de Pöst.

Moder Mostert har all iähre Höhnerkes schlacht, auck den twiärsköppigen Hahn. „De hät doch kin Vernien mähr, den Methusalem. Män Sophie iähre Höhner sind ne waohre Pracht.“

Sophie iähr Höhnervolk was all feste an't gackern tüsken Mosterts Hiegge un den kaputten Tuun. Bloss de Hahn, sonen stolten bunten Fiäderküönink, flaug ümmers wier üöwer den Tuun, un Sophie har iähre leiwe Naut, den wilden Bengel wier unner siene Höhnerkes te schmieten. „De weet, wao he henhöärt!“ sagg Sophie.

Boll wassen alle Ställ bi Mosterts vull. Fennand, Kasper un Jöpp schlüörden no Stöhl un en Sofa un en Eekenschapp heran. Bessmoder Möller hät iähr graute Moderguodsbeld bracht. Dann kammen auck no annere met Beller, Herz Jesu, Antonius von Paddewaddewatt, Napolium un den grülick pielup kummedeerenden Kaiser Wilhelm. All de Bellers wuorden up de Plackens an de Tapet nagelt.

„Wat düscht di?“ frogg mi Moder Mostert. „De guede Malia hät us all Tellers un Schüeddeln met'n Goldrand

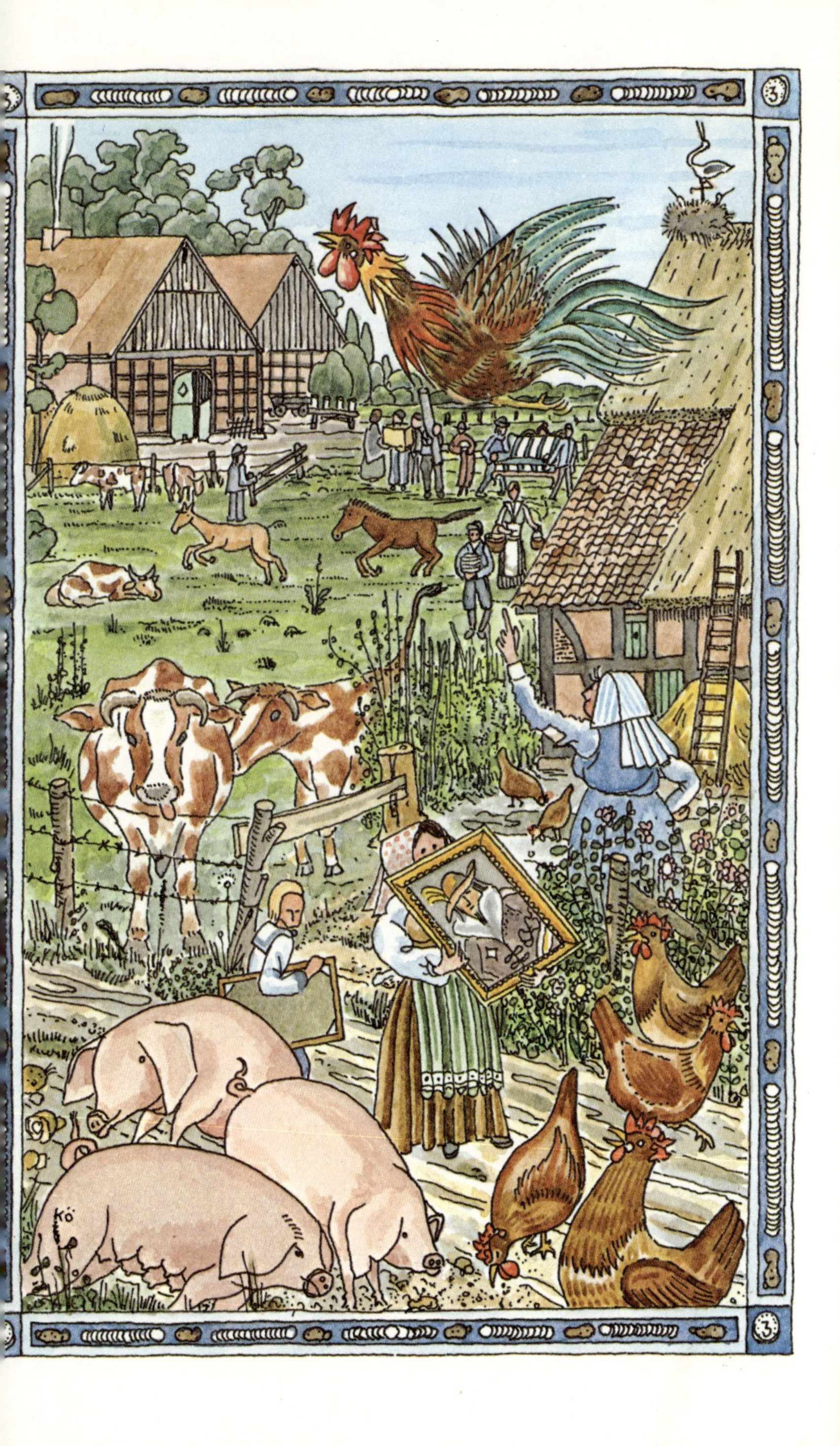

bracht. Döht jue Mamma us wull 'n Kaffeesawi? Ji häwt doch wull noog?"

Ick was Füer un Flamm un leip met Mia un Libettken füsk nao us, un wi häwt heimlick usse Mamma iähr beste Sawi met de rauden Raiskes in 'n Kuorf packt. Ick meinde, för Heine un siene rieke Bruut moss der no wat Besonners bi, un dao häw ick no de Tassen met de goldenen un sülwernen Marietuanett un Luisähs wegdruoggen. Ha, wat was Moder Mostert froh! Träönen stonnen iähr in de Augen.

„So, nu moss du sölwers auck Staot maken, Mostertske," meinde Siska, un dao leip auck all de dicke Meerske von Meiers nao Huse un kamm met iähr fienste Vuogelscheitenkleed an. Dat was dat dünne arme Reff von Mosterts Mamma viell te wied.

„Döht nicks," sagg de Meerske, „Wenn di de Plünnen üm diene Butten schlüört, dann kriggs fief Unnerröck an un usse dickste Sofaküssen up de Buorst."

„Usse Natz kann Heine wull sienen griessen nien Anssug von Schnieder Huoffs dohn," sagg ick, un alle mossen juchen.

De Sunndag kamm, un gans Wolbieck stonn up den Kiärkplatz un daih up de dicken Bueren ut Schwienebrook wochten. Hu jeh! Wat dicke Bueren! Met twee Jagdwagens kammen se heran, de Schulte un siene Meerske in den iärsten, beide tunnendick un met kriäftraude Backen. In den twedden twee daudenköppige Öhms met dat Wicht Emma, un auck noch twee Wichtkes in stiefe witte Kleedkes.

„Junge Junge!" lachde Änne, dat Aos. „Mi dücht, de beiden Dicken kriegt boll noog 'n Schlag, un de Öhms met iähre huohlen Daudenköpp häwt all länkst iähre lesten Busken bunnen. Dao lött dat Iärwe nich lank up sick wochten."

Heines Wicht winkede nao alle Sieten, sprunk aff un leip up Heine to. He wuor witt un raud. „Dao sin ick!" reip Emma, un Heine wuss nicks te stuottern.

In de Hohmiss wassen de Wolbiecksken nich besonners andächtig, wat jä te verstaohn is. Moder Mostert was all in de Fröhmiss west. Nu kammen gans stillkes de twee gueden Judenfrauen, von Herzlev un Heilbronn, un häwt Mosterts fiene Koken un Torten bracht, un se flisterden nao iähre Gewuohnheit: „Bitte anonym, ganz anonym! Nichts an die große Glocke hängen!“

Von den Graofen kamm fienen Wien, un Mamma Mostert green vör Freide.

In de Kiärk priädigde de Pastor so schön: „Arm und Reich begegnen sich. Ihrer beider Schöpfer ist der Herr.“

Dao konnen de Wolbiecksken bloss nickköppeden.

Män nu gonk de Spillünkerie bi Mosterts los. Moder Mostert diskede iähre Höhnerkes up. Den taohen Hahn mossen Pappa un Heine friätten.

„Fien Sawi!“ sagg de Meerske ut Schwienebrook, „leckere Höhnkes!“

De Schulte mook bloss „Hm-hm!“ un keek sick misstruisk nao alle Sieten üm.

De Eenspänners grämsterden huohl ut de Buorst, speegen in raud ümhäkelde Taskendök un fratten äs nao de iärgste Fastentiet. Se drunken binaoh den ganzen gräöflicken Wien alleen ut.

Emma, dat Wicht, wull pattu met iähren Heine in den Deergaoren gaohn. Heine was viell te blai to son Aventür. Moder Mostert sagg: „– is bi us nich Mode.“

Män Vader Mostert meinde, de Jung möss Niägel met Köpp maken. „Süss tru ick de ganze Frierie nich.“

Nu wull de Besök Unnerstunn maken. Moder Mostert hät se in alle Bedden stoppt, wo Truta iähre fienen Spitzenkoppküssen up laggen. Wi Blagen sind met de stiefen witten Wichtkes in ussen Deergaoren laupen un häwt Raiber un Schanditz spiellt, büs wi alle schwatt von Muodder wassen, un de stiefen Kleedkes terrietten.

Heine satt met siene Emma in de Unnerstunn up't Sofa,

un se wuor ümmers närrsker up den schönen Flasskopp. In usse Natz sienen griesen Anssug soog Heine ut äs'n Möller.

„Ne Müöhl häwt wi auck," praohlde Emma zärtlick. Heine was dat boll te heet, nich anners äs in'n Backuoben.

Dao kamm een von de Eenspänners ut de Upkammer un stüöhnde: „Dao stinkt dat ganz affscheilick nao Dauden. Ick häw all unnert Bedde kiäcken, off der eenen unnerlagg."

Heine sagg nicks, dat Bessvader dao jüst in stuorben was. De Öhm gonk up de Diähl un daih sick up dat Miälkbänkskn leggen.

Nu kamm auck de annere Öhm von de Hill un schennde: „Mien Liäwensdag häw ick nich son Spittakeln von Küh un Schwien höärt, jüst, äs wenn se stuohlen wassen. Un de Hahn kreiht äs unwies, wat doch kinen Hahn döht, de weet, wann't Tiet is."

Dao kamm de iärste Eenspänner von de Diähl un krieskede: „Jue verdammten Schwalwen häwt mi up miene nagelnien Stiäweln schietten."

Sliepstiärts stonn Heine von dat Sofa up un sagg: „Wat kann ick der an dohen! Ick sin de ganze Leigerie un Frierie all länkst leed, am meersten de Frierie up düt Sofa."

„Och, Heine, mienen Heine!" biäddelde Emma. „Kumm doch bloss wier up't Sofa! Süss früss mi dat no midden in'n heeten Summer."

„Ick will nich ne Kartuffel in't Paoskfüer spiellen," gnuerde Heine. „Mi dücht, ick mott mi dat met de Frierie 'n lück üowerleggen. Dat hät wull no 'n paar Jäöhrkes Tiet."

„Och, Heine, mienen Heine!" green Emma. „Wenn ick di nich krieg, sprink ick in jue Angel, wo se am deipsten is."

„Sprink in drei Düwelsnamen!" sagg Heine wahn. „Ick sin en unschüllig Bloot un kinen Füerbrand för närrske Wichter."

„Mamma! Mamma!" hülde dat Wicht so harre, dat Mamma wach wuor un reip: „Pappa! Pappa! Usse Emma wäd affmurkst!"

Dao schuott auck Pappa haug un mook „Hm-hm!" De Schulte un siene Meerske kraipen ut de Fiädern. Se konnen sick üöwertügen, dat Emma bloss Kommeddig makt har, üm iähren Heine up Trapp te brengen.

Nu gaff't Kaffee, un Heine was wier gans vergnögt met siene Emma, de em ümmer män kniepen un kieddeln daih, wo wat te kniepen was. Heine moss so lachen, dat he ussen Luisähs fallen leiht. Dä! Lui sienen Kopp was aff, jüst so, äs em dat wüercklick passeert is.

Met twee Dutz Blagen stonn ick unner Mosterts iähr Fenster. Wi keeken us de Augen ut den Kopp, un nu kammen auck mähr un mähr Wolbieckske ut bar Nieschier.

„Wat wüllt de Lüde?" üettkede de Schulte gräsig. „Is dat so Mode in Wolbieck, dat Besök Kaffee un Koken in't Mul kiäcken wäd?"

„Och, bi ne Familje von Anseihen wull," sagg de Mostertske. „Wisse, wat sonen rechten Buorgmann is, de is nich weiniger gräöflick äs ussen Graofen."

„Hm-hm!" mook de Schulte.

„Sonen vernienigen Hahn häw ick no nüörns höärt," pustede de rieke Meerske. „Un son Quieken von Schwien un sowat von Wehrerie von Küh is mi auck no nich unnerkuommen. Jue Diers doht so, äs wenn se sick verbiestert hären un all up den Schlachthoff wäören. Nu wäd mi klaor, waorüm de Lüde Hexenwolbieck säggt. Alles vertuwert, dücht mi – ick konn kin Auge tomaken."

„Ochochoch!" grämsterde Mosterts Vader. „Son Malöhr!"

De beiden witten Wichtkes truen sick met iähre äösigen Kleedkes gar nich in de Stuowe. Nu reip dat Kläörken düört Fenster: „Mamma! Ick will auck frien. Mienen Brühm sall Tonnius sien."

„Marjo, usse Tonnius!" reip Moder Mostert. „De geiht jä no nao School." De Jung was all derdüör äs'n Hasen, un se häwt em iärst an'n laaten Aobend in Ribbens Schopp wierfunnen.

„Meineeh! Jue Hahn! Nu kiekt ju bloss dat Aos an!" reip de Meerske.

All wier was de Hahn met sien äösterige Kikerikiki üöwer den Tuun fluoggen. „De weet, wo he henhöärt!" lachde Sophie.

Dao kammen in vullen Karrjeh de Piärdkes heran, wassen üöwer dat Heck settet un galoppeerden derdüör.

„Huhuhu!" krieskede Mia. „De wiettet auck, wo se henhöärt."

Den Schulte un siene Meerske follen de Augen ut den Kopp. Män gued, dat in düt Momentken de Häerohm kamm un an de Kaffeetaofel komplimenteert wuor.

Buten sagg Clem to Mia: „Wuss wull diene Schnut hollen! Du blameers süss no ganz Wolbieck."

Binnen sagg de Pastor: „Wie schön ist es, wenn Menschen einträchtig beisammen wohnen! Wie schön erst, wenn ein ganzes Dorf am Glück eines jungen Paares teilnimmt!"

Buten reip Mia: „Nu kiekt ju bloss de Schwien an!" Et was verwünnerlick noog, dat de dummen Schwien sick ut Mosterts Stall stuohlen haren.

Clem gaff Mia 'n Tritt vör't Gatt. Män de Schwien leipen quiekend trügge in iähren eegenen Stall.

„So!" sagg Heine un knallede de Fust up den Disk. „Häer Pastor! Ji wiettet, dat ick kinen Leigenbühel sin, nich?" Nu wuor Heine nich mähr raud un witt un was nich mähr blai. He krakeihlde äs en ollen Pater bi de Mission tieggen de Daudsünners.

„Höärt mi to, ji dicken Bueren ut Schwienebrook. Nicks von de Küh un Piärde un Höhner höärt us. Mamma iähr Kleed met all de Unnerröck auck nich, dat Sawi auck nich, de Beller an de Wand auck nich, nicks, sägg ick, un dat is de blanke Waohrheit. Nu makt ju weg, ji rieken Bueren! Ick will jue Teigelerie nich, jue Fueselstüöckerie auck nich. Ick sin bloss en ährlicken Dagleihner in ussen Deergaoren un kinen gräöflicken Buorgmann – un auck doch!" Wieder kamm Heine nich; denn nu schmeet Emma sick an siene Buorst un kreeg em met beide Arms so hatt üm sienen Hals te packen, dat em de Pust affstickede.

„Dunnerewiär, Heine! Wat häs du en schönen Tenor!" reip Fritz, un dao reipen alle düörneen: „Kumm herut, Heine! Düt alls is en grötter Plaseer äs Vuogelscheiten. Du häs den Vuogel affschuotten. Du häs de dicken Bueren wiest, dat du Manns noog büs, auck ohne ne rieke Bruut trecht te kuommen."

„Schaff di den Füerbrand von'n Hals!" krieskede Mia.

Män Heine stüöhnde ächter Oam: „Moss auck können –." Äs he endlicks wier Pust kreeg, holl he dat Wicht von sick aff.

„Heine, mienen Heine!" hülde se un sunk in de Knei. „Heine, wat döhs du diene Emma an? Ick will jä bloss di, mienen Heine, un wenn ick met di nicks anners mähr äs drüg Braut vertiähren mott."

„Dann iätt drüg Braut!" sagg Heine baise, män sien Hiärt fonk en lück an te tuckern bi Emmas vertwievelte Augen.

„Häh!" reip Moder Mostert. „So wäd hiär nicht spiellt. Iärst all dat fiene Tügs buorgen un nu nicks? Neenee! De Teigelerie un de Fueselstüöckerie will ick för mienen Heine. Süss magg dat Wicht iähren Wiäge gaohn."

„Hm-hm!" mook de Schulte. De beiden Eenspänners daihen sick grämstern.

„Mien Emmaken, mien Hiärtenskind!" püsskede de Meerske un trock dat bedröwte Wicht an iähre Buorst, wao se kin Sofaküssen up bruken daih. „Du kriggs, wat du wuss, mien Emmaken. Du häs jä no ümmers kriägen, wat du –." De Mul klappede iähr to.

Denn nu pock Heine sick siene Emma und was von Stunn an en Mann, wel in Wolbieck wat te melden har.

„Un wat ick no säggen will,“ knüösselde Moder Mostert, „dat met ussen Tonnius un dat kleine Wicht – nu jä, dao lött sick wull üöwer küren, wenn de Tiet kümp.“

So is an'n End doch alls gued utgaohn bi Mosterts, un ganz Wolbieck har sien Plaseer dran.

„Holder Friede, süße Eintracht!“ sagg de Pastor.

Wat geiht't daohiär in Martiniquee!

Garde was dat lebennige ‚Blättken'. He wuss alltiet dat Nieste. Wenn he met siene langen Arms düör de Straoten rudern daih, häwt de Lüde ut alle Fenster un Düören up Garde siene heeske Stimm lustert.

An de twee Meter lank un dünn äs'n Fixstaken, har he bi de Garde deihnt, un dat gaff em sien besonnere Anseihen. Wel von de Wolbiecksken har all den Kaiser seihen? Wel konn von Potsdam met dat Sangsussi vertellen?

Sogar den Thronfolger von den ollen Kaiser Franz-Joseph was Garde gued bekannt. Garde har em niämlick sienen witten Handsken upbüöhrt, – „so waohr äs ick liäwe", un Franz-Ferdinand har den Handsken nuohmen un up ne ganz spassige früemde Wiese „Dank schön, Kamerad!" säggt. „So waohr äs ick liäwe!"

Siet düssen denkwürdigen Dag hät Garde sick auck son bittken äs Garde von den Thronfolger föhlt.

„Sonen menskenfröndlicken Häern! Sowat von Lütsiäligkeit! Sowat von'n dichten Schnurrwitz un so blaoe Augen, hiemmelblao. Un iärst sienen grönen Fiäderhoot!"

Franz-Ferdinand was dat eene Thema von Garde, dat annere was Martiniquee.

In dat lankwielige Dag-een-Dag-ut von Gardekammiss, met Hab-Acht, Augen links, Marsch-Marsch, was eenes Dages en Düwelskrach knallt.

Up Martiniquee was en ganzen Biärg explodeert un in de Lucht fluoggen äs ne Granate. Dann gonk den Füerstrom ut den Biärg dal, herut ut dat höllendeipe Lock, un in Tiet von ne Minut wassen Mensken un Diers daut.

Dat schloog auck bi de Garde in äs ne Bombe ut sunnige Wolken. Nachts hät Garde draimt, de Füerstrom kaim up Wolbieck to, twiärs düör den Deergaoren. Weg wassen Kiärk un Hüser, un alle Wolbiecksken bloss no 'n Haipken gleinige Ask.

Dao hät Garde so harre schreit, dat de ganze Kaserne wach wuorden is. Iärst hät den Feldwebel dacht, he möss Garde inne Zwangsjack stoppen laoten, so unnüesel hät Garde met siene langen Arms tieggen den Füerstrom anrudert, üm de Höll nicht üöwer Wolbieck kuommen te laoten.

Äs Garde dann wier nao Wolbieck kamm, was sien Duorp tom Glück gar nicht von't Füer upfriätten. Män nu reip Garde, wenn he dat Nieste wuss, ümmers in de Straoten: „Kinners Kinners, wat geiht't daohiär in Martiniquee!"

Et moch passeeren, wat wull, Naut un Daud, de Pest in Indien off de Cholera in Mexiko, – Garde bleew bi Martiniquee. Leige Blagen daihen em veröhmen:

„Fit-fit-fit! Martiniquee!
Hu, wat döht dat Füer weh!"

„Wocht män, wocht män, Janhagel!" schennde Garde. „Ji kuommt auck no dran. De Welt wäd schlechter met jeden Dag, un Guod hölt all Füer praot."

An eenen schmöden Summeraobend satten wi up usse Trepp. Dat was ne hauge breede Trepp un gonk von de Straot büs an de Husdüör. Kommode Sitzgeliägenheiten ut Baumbiärger Sandsteen, eene üöwer de annere, gaffen Plätz noog, un eens konn üöwer den Kopp von dat drunnere up Straot kieken.

Raude Anna, usse Küöckske, de Lährköchinnen, Naobersblagen un icke satten up de Trepp. De Steen wassen heet von de Dageshitz. Deipen Frieden! De Straot was kiährt. Ut iähre Gäörens kammen de Lüde trügge met Schuffkaor un Bollerwagen, möh un tefriär. Annere gongen iärst ut de Paort. Egaol, wel vörbi gonk, – alle mossen dran glaiwen.

„Kiekt ju doch bloss de Billa an, is all mähr äs vettig un will sick den kleinen Markenlecker schnappen."

„Passt up, dao kümp Thresken. Son gued Wicht, son düftig Wicht, – lött twee för iähr Kindken betahlen. Un jeden Aobend schlüört se iähren Ollen nao Hus, begeiht den

Supsack met ne Latt un schmitt em in't Bedde, met Söcken un Stiäweln, – he, Thresken! Schnuorkt dienen Ollen all?"

„Hu, dao kümp de Pastor!" De geistlicke Häer hät siene Freide an usse fromme Leedken.

„Oh, wie wohl ist mir am Abend,
wenn zur Ruh die Glocken läuten,
bim bam –."

Up düsse Trepp föllt doch kin leig Wöärtken, nee!

„Wo man singt, da laß dich ruhig nieder," sagg de Pastor milde. „Gott befohlen, ihr Lieben!"

An de lange Bank bi Leiendeckers bliff he staohn. Dat is ne haugpolitiske Bank, sowat äs den Rieksdag von Wolbieck. Bloss de wiesesten Mannslüde kuommt dao jeden Aobend tohaupe, alle met de lange Piep, un den vertruten Qualm von Speckpannkoken weiht üöwer dat Parlament. Deipe Waohrheiten kuommt an't Lecht. Alle wochtet bloss no up Garde un dat Nieste. In Berlin geiht dat jä haug hiär, wenn auck nich so füerig äs in Martiniquee. Raude Anna hölt in't Vertellen in un lustert nao de Mannslüde.

„Wenn de Kaiser sick no lank so upspiellt met siene Herümtelefonerie un Telegrafeererie, un met de düeren Schiäpp, un den ganssen Krakeihl met de Englänners, – nu, dann is 't boll Tiet, den Wehrpaol afftesetten. Dann müettet wi in Mönster wier en Füerstbischop insetten, so eenen äs Bähndken von Gaolen."

Wi höärt dat milde vergnögte Lachen von den Häerohm.

„To, Anna, vertell!" sägg ick.

Raude Anna vertellt von ne Sefa, ne gans döäsige Quaterie. Sefa konn so fien singen „Tauben, das sind liebe Tiere, Tauben, die gefallen mire –."

Un Sefa daih Anis streien un sick alle Mannslüde fangen, Duwen off Mannslüde, dat was nich gans klaor. So'n dumm Vertellsel!

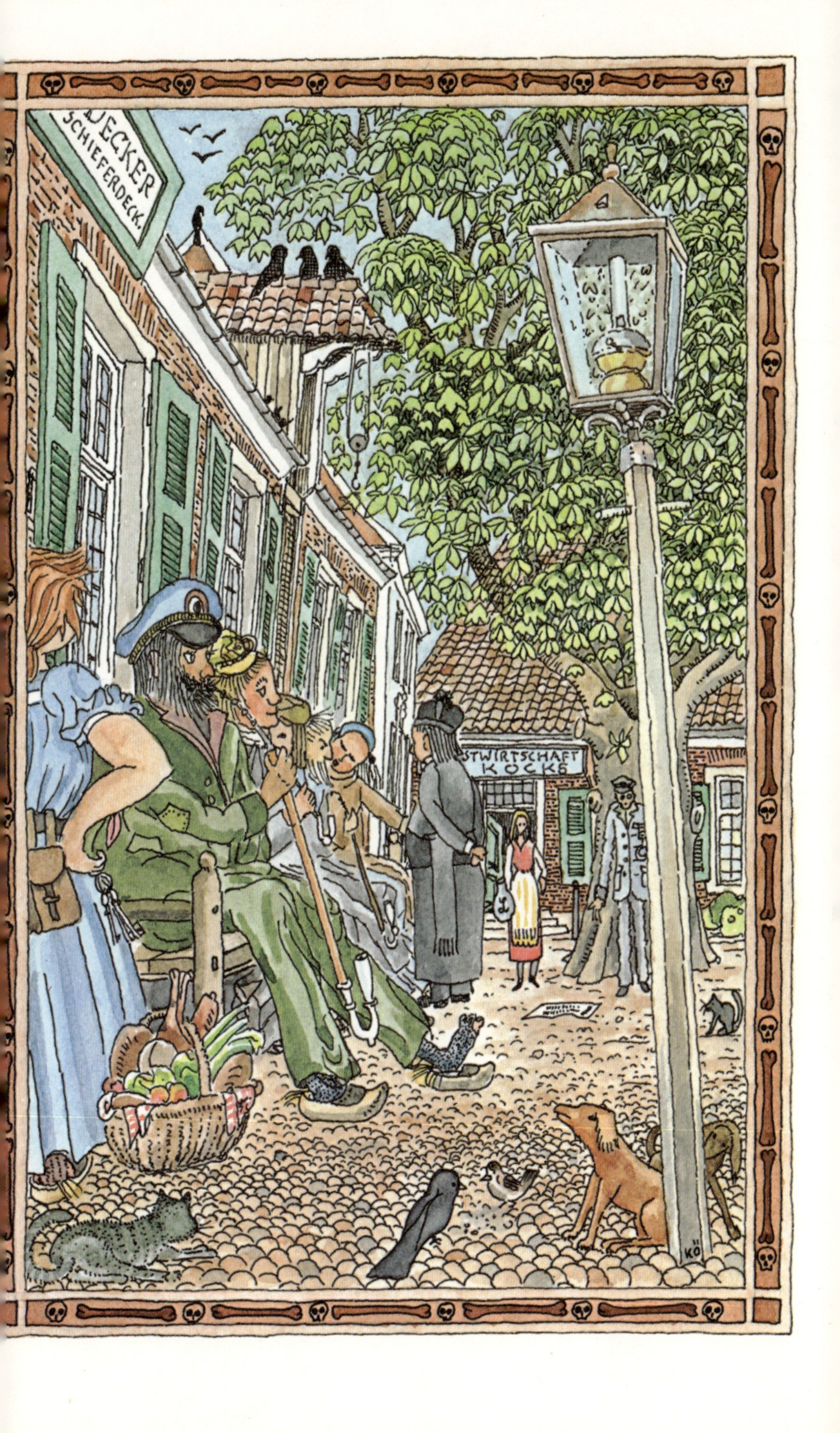
DECKER
SCHIEFERDECK.
STWIRTSCHAFT
KOCKS
KÖ

„To, Anna, vertell füsker!“ sagg ick. „Ick mott doch Beer halen.“

Endlicks har Sefa den lesten Düwerich fangen. Män daobi har se sick verkürt, dat was'n Hawk, de dat Anisduwenwicht to Daude hackt hät. Bloss gued, dat dat daore Stück weg is!

Met miene graute Kann laup ick nao Kocks. Dao kümp Garde up de Hoffstraot anbuorssen, met sien ‚Blättken‘. Ick kiek Fritz Kocks to, de dat Beer in usse Kann afftappt. „Füsker, Fritz, män to, män to! Süss verpass ick Garde un dat Nieste.“

Äs ick ut de Düör kuomm, steiht Garde dao an Kocks iähren dicken Kastanienbaum, de Augen to, un dat ‚Blättken‘ hät he fallen laoten. Mi wäd dat gans wunnerlick. Garde röpp jä gar nich „Wat geiht't daohiär in Martiniquee!“ Garde is daudenstill. Villicht is em bloss 'n lück üewel von't Biärssen? Ick mag em nicks fraogen. Ick kiek bloss stikum up dat ‚Blättken‘.

EXTRABLATT! ERZHERZOG THRONFOLGER FRANZ-FERNINAND MIT SEINER FRAU SOPHIE IN SERAJEWO ERMORDET!

Dao flistert Garde: „Krieg – Krieg! Bloot – Bloot! Füer – Füer!“

Domaols was ick no en Kind, un doch was mi so, äs wenn üöwer us en Biärg platzen daih un sien Füer in de ganze Welt spritzen. Von eene Stunn to de annere is eens kin Kind mähr. De Klaonenkasper was kinen Kasper för Kinner mähr. He was nu en düsteren Engel, wel ut de unnerste Höll upsteeg met den affscheihlicken Liekengestank von verdammte Halunken.

Lanksam gonk ick an de lange Bank vörbi, lanksam an usse Trepp.

„Wicht, wat büs du so witt üm de Niäse?“ frogg Raude Anna.

Ick sagg nicks un gonk met miene Beerkann in ussen Gaoren. Eens weet ick genau. An kinen annern Dag von mien junge Liäwen häw ick jedes kleinste Bittken so klaor un dütlick seihen äs an düssen Aobend, an düssen heeten, blootrauden Summeraobend, äs usse vertrute Welt midden düör biärssen daih.

Met Lachen un Küren kamm Tante Maria met Kurgäste ut de Linnenallei. De Wolken stonnen in Füer, rausenraud. De ollen Baim löchteden, äs wenn Bloot drüöwer kippt wäör. Deergaoren un Biärkenbüsken wassen verhangen. De Nachtigallen schloogen in't Kellingholt.

„Ach, welch herrlicher Abend!" sagg eene von de Damen bi Tante Maria. „Der Himmel wie Feuer, dieses leuchtende glühende Rot!"

„Hört nur die süße Nachtigall!"

„Welch ein Friede über der Welt!"

An ussen Sprinkbrunnen satt Tante Liesebeth met den kuriosen ollen Hollänner, de all son lück ächter de Tieten was.

„Nur keine Angst, Mijnheer!" sagg Tante Liesebeth fröndlick. „Sie brauchen morgen nicht zur Schule zu gehen. Es sind Vakanzen, Mijnheer." De Kneippianer was gesund äs'n Summerappel; bloss meinde he ümmers, he was en I-Männken, kin Wunner bi siene Fiefunnieggenzig.

In de Lustkast an den Aantendiek satten Pappa un Mamma. Up den Disk wochten all de lierigen Gliäser.

„Ha, endlicks Beer!" reip usse Franz. Miene Bröers un Süstern satten in't warme Gräss unner de Sülwerpappeln. Usse Ernst was'n sinnigen Spassmaker. He studeerde up Dokter in Erlangen un moss jüst eenjäöhrig friewillig deihnen, in ne fiene küöninklick-bayriske Uniform. Nu was he daobi, de Graute Prossjohn von München te spiellen. Alle daihen sick vör Lachen schüddeln.

„Und dann kommt der Prinzregent, Prinzregent,
mit der Kerzen in der Händ, die wo gar net brennt.
Und dann kommen die klaonen Maderln
mit weißen Klaoderln und dünnen Waoderln –."

„Was ist mit dir Kind?" frogg Mamma besuorgt.

„Hah, düsse Hitz!" reip Wilm, „äs wenn de ganze Welt explodeeren wull!" Natz gaut dat schumige Beer in.

Mi hät dat ‚Blättken' vör de Augen danzt. Ick moss wat upsäggen, doch kin Gedichtken. –

„Extrablatt!" sagg ick stief. „Erzherzog Thronfolger Franz-Ferdinand mit seiner Frau Sophie in Serajewo ermordet."

Daudenstille! „Dat bedüt Krieg!" sagg usse Vader.

Maondnacht

Üöwer Wolbieck steiht de Vullmaond. Von ussen Kiärktaorn slött de Uhr twiälf, Middenacht. So löchtend klaor is de Fröhjaohrsmaond, dat sick kin Stiärnken tieggen sien Lecht antrut. Daghell ligg de Straot, eene Siet Hüser blankschüert Spielltügs, de annere Siet düster schwatt. Nich Mensk off Dier, nich Wagen off Auto is te häören. Dat Duorp is so still, äs wenn 't up den Maond fluoggen wäör.

Eensam gaoh ick düörn Krummertimpen nao de Kiärk. Se straohlt hiemmliske Ruh ut. Hiär in düsse Kiärk, wao ick in tauft sin, will ick in drei Dage mienen Liäwensbund sluten. „Wo du hingehst, da will auch ich hin gehen."

Miene Hieraot is de Affscheid von mien leiwe Wolbieck. Büs Graz is'n wieden End, un dao kürt kin Mensk Platt. Ick will jä frien Willens weggaohn. Tante Pailken is auck friewillig in't Klauster gaohn un droff niemaols mähr nao Wolbieck trügge kuommen. Ick kann wull von Tiet to Tiet nao Wolbieck trügge föhren, un in miene nie Heimat bruk ick nich äs Tante Pailken met Besök düör en Gitter te küren. Mien Hiärt is nich schwaor von Truer. De Nacht is so schön, mien Duorp so freidlick. Ick will in düsse Vullmaondnacht gans eensam Affscheid niähmen. Geisterstunn? Nee, usse Dauden gaoht nich üm. Kinen Spök kümp ut dat Kellingholt.

Wat was dat Schönste in Wolbieck? Ich fraog mi sölwst. Nu, – mien Öllernhus, ussen Gaoren, de Alleien, de Deergaoren, de Angel. Un süss? Wat hät sick mi am deipsten in de Siäle grawen? Nu staoh ick hiär an de Kiärkenpaort un mak de Augen to. Dat Schönste?

Wenn sick düsse Paort updaih un Usse Leiwe Häer ut siene Kiärk kamm. Tweemaol in't Jaohr to twee Prossjohnen.

Starke Schützenbröer von Achatii un Nikolai driägt dat graute Krüz up iähre Schullern. Buten häwt sick all de witten Engelkes upstellt, met Kränskes in't Haor un Küörfkes vull Blomen. Ick sin auck äs son Engelken west.

Usse Schützenbröer, – weihende Fiäderbüsk up de Tweemasters, Gold up de Schullern, goldene Schiärpen, fierlicke Gesichter, Fahnen.

Mannslüde, Fraulüde, Jungfrauen, Missdeiners in raud un witt, Wiehrauck, Musik.

„Kommt her, ihr Kreaturen all –."

Unnern Thronhiemmel de Pastor met de Monstranz in Wiehrauckniäwel.

„Kommt her und sehet allzumal, wer da zugegen ist –."

Dat graute Krüz schwankt üöwer de Prossjohn. De Liedensmann hölt sienen Kopp met de Däörnenkraun en lück haug, so kann he up siene Wolbiecksken kieken. Bunte Buerenbüskes flammt up siene Wundmaole.

„Deinem Heiland, deinem Lehrer –."

Alle Kreatur up de Kämp kümp an den Tuun, Küh un Piärde. So treckt de lange Prossjohn unner de heete Sunn iähren wieden Weg. Veermaol Siängen nao alle Hiemmelsrichtungen:

„Stammbaum Jesu Christi, des Sohnes Davids –."

„Anfang der Frohen Botschaft –."

„Viele haben es schon unternommen, zu erzählen –."

„Im Anfang war das Wort und das Wort war bei Gott und Gott war das Wort –."

Alle Kreatur hät iähr Liäwen von de veer Evangeljen, auck de Verluorensten, auck alle, de no iähre Götzen deint.

Bi Hüttenroths Kapellken is Telligt nich mähr wied weg.

„Wunderschön prächtige, hohe und mächtige –." Dat Up un Dal von Stimmen verflügg met den Summerwind.

„Der dich, o Jungfrau, im Himmel gekrönt hat –."

De Liedensmann haug üöwer de Köpp von Sünner un Gerechte. In olle Tieten is usse Krüz up de Angel heran swommen. De Leiwe Häer wull in Wolbieck bliewen. De Wolbiecksken sind jüst nich de Frömmsten von't Mönsterland, män eegensinnige Schäöpkes sind Guod leiwer äs de frommen, de niemaols utbriärkt.

Nu lött Usse Leiwe Häer sick üöwer Land driägen, Siängen för jedes Hus, jeden Hoff, för jede Kreatur. Dann hänk he wier in de Kiärk, still, daut, un sacht treckt he alle an sick. Wel will sick wiähren?

Dat is wull dat Schönste, wat ick metniähme in mien nie Liäwen.

Auck annere Erinnerunk wäd in mien Gemöt bliewen. Margreit! Ha, Margreit met sien Scheesken, siene Luchtschaukel, met Haut den Lukas un Suckersigarn, met Pattieschnappen un Scheiten an de Schiessbude, twee Dage lank Margreit!

Vuogelscheiten! Achatius un Sünneklaos lacht ut den blanken Summerhiemmel up de Achatii – un Nikolai – Broerschop.

De hatte Schlag von de kleine Trummel. Nu treckt Mann üm Mann, den Püster up'n Nacken, nao de Vuogelroo. Lang duert de Knallerie üm den Vuogel up de hauge Stang. Endlicks fleigt de lesten Späön in de Lucht. Max is Küönink, Max up de Schullern von lachende Schützenbröer.

An de Steenpaort wochtet all de Fraulüde met iähre bunten Büskes för de Schützen. Veerhunnert Jaohr is dat nu hiär, dat Wolbiecks siälige Fraulüde met Büskes uttrocken sind. De Schützenbröer haren de grusamen Wierdäupers tesammen schlagen. Mönster was wier frie von den grieselicken Spök. Schmedd Brandhove ut Wolbieck har den Küönink von Sion siene goldene Küöninkskett affrietten.

„Mit Dirck von Merveldt Mann für Mann
brachen wir die feste Stadt des Königs Jan,
totwund ins Gras sank mancher Wolbeckmann –."

„Totwund" kümp nu kinen Mann wier von de Vuogelroo.

Fahnenschlag, rechts an den Kopp vörbi, links an den Kopp vörbi flügg de Fahn met dat Beld von den hilligen

Patron, dann üm de Midde, unner't rechte Been, unner't linke Been, ümmer wilder flügg de Fahn.

De Fueselpull geiht rund, de Mönsterlänner stigg in de Köpp. Bi den twedden Fahnenschlag vör de Pastoraot bümmelt de Fähnrich all son lück, män so is dat richtig, un de Musik spiellt ümmer vergnögter.

„Peter hät sien Wiewken schlagen,
dat will ick mien Moder sagen,
oh wat Pien, oh wat Pien!
Een Gliäsken Branntewien."

De dicke Trummel, Pauken, Trompeten, Klarinett un Fleiten, – de Küönink Max treckt met siene Schützen düör lange Alleien von junge Maien. Wolbieck jucht em to. Dat gröne Gefliär von de Maienbliär blitzt in de Sunn. De gröne Bussbaumkrans hänk den Küönink üm sienen Nacken, iährwürdiger no de schwaore sülwerne Kett met Schildken up Schildken, alle Küöninksnamen siet undenklicke Tieten.

Nomdags kümp dat Schönste, – ganz Wolbieck will sick de Augen utkieken. Graute Polonäse, de Damens in vullen Staot Arm in Arm met dat Offiziercorps von de Broerschop. De Oberst an de Spitz, den grön ümwickelten Kommandostock in de Hand. Knistern un Raskeln von Siede. De Küönigin met iähre lange witte Schleif von't gröne Kränsken. Se geiht in den allerfiensten Staot. Wolbieck jucht siene Küönigin to.

Weihende Fiäderbüsk up de Tweemasters, golden blitzt de Schiärpen. De beiden lesten, de Kraihen met iähre schwatten Fiädern, schmietet Bomssen unner Wolbiecks Blagen. Rumtata Rumtata! Alle marscheert met de Schützen.

De graute Danz up den Saal, Minneweh. „Als ich noch im Flügelkleide –."

In twee lange Riegen de Damen un dat Offiziercorps. Lanksam, de haugfriseerten Köpp son lück scheef leggt, met Anmot un Würde danzt nu Paar üm Paar dat Menuett. Kinen französken Küönink met siene Pompadour un Dubarry hät jemaols so'n Menuett danzt.

„Und wie lacht mein Herz vor Freude –."

Mozart sölwer dirigeert heimlick sien Menuett. Wat döht dat, wenn siene Musik bi de Musikers manks en lück düörneen kümp! Nu mott he harre lachen, äs sien Menuett in dat vergnöglickste Polkadänzken üöwergeiht. Siälig Vuogelscheiten, nüörns so schön äs in Wolbieck!

„Und wie man als Kind wohl tut,
sprach ich dann, ich bin dir gut –."

An'n End

Gistern sin ich wier in Wolbieck west, un dat Hiärt trock sick mi tesammen.

Antlest was ick met miene twiälf Enkelkinner in Wolbieck west. Twiälf Blagen brengt Liäwen in ne Stille. Met Wolbieckske Jungens un Wichter sind se düör de langen Alleien laupen, üöwer de Wiesken jachtert, düörn Angelkolk swommen. De Kleinsten häwt up de giälen Sankbänk spiellt un in't siege Water plansket – so äs wi in usse Kinnertiet.

De olle Gäörner daih de Wiesken maihen, de Hieggen beschnien, de Wiäge harken. Aantendiek un Gräften stonnen haug, Waterrausen blaihen up den grönen Speigel. Ümmer no was de Aantendieck de Midde von de Pracht, ne sinnige Musik, de von'n Hiemmel föllt un üm eenen deipen Ton swingt.

Elise iähren Speckbiärnenbaum leit siene Speckbiärnen un Summerbiärnen un Judenbiärnen in't Gräss fallen –, män et gonk kinen Kurgast mähr düör ussen Gaoren.

De ollen Kastanienbaim, de usse Vader plantet har, wassen affhauen. Nu lagg dat Hus früemd, nackt un kahl in ne witte Sunn. Früemde Lüde wuohnen drin. Mensken müettet en Dack üöwern Kopp häwwen, dat is iähr te günnen.

Kineen kamm us in de Alleien in de Möhte, bloss de olle Gäörner was flietig antoch. He schennde auck nich, wenn de Blagen in sienen Gaoren Raiber un Schanditz spiellden. An den Deergaorenwall häwt se ne Brügge ut Knubben üörwer den Graben baut. Ick satt so gäern met de Kinner an de Angel un häw vertellt. Se lusterden up all miene Vertellsels von de leigen Meinhövel un Mönsters graute Bischöp, von den stuohlenen Paulsnapp un von Dirck von Merveldt, von de unsiälige Hille un den Küönink von Sion, von den blootrönstigen Knipperdollink, un von usse düftige Kasperken, den besten Driewer bi usse Driewjagden.

Kasper was all recht olt, äs em an eenen stürmisken Dag en dicken Eekenast up sienen Kopp foll. Kasper har no jüst luthals sungen: „Halli-Hallo, Hussassassa!“ Dann lagg he dao, äs wenn he all daut was.

Usse Ernst hät em sienen Kopp verbunnen, un all miene Bröers häwt em nao Huse druoggen. Dann hät Ernst ganz fröndlick meint, nu was ’t wull Tiet, üm den Pastor te halen.

„Wat?“ hät Kasperken ropen un sick in’t Bedde stockstief upsettet. „Stiärben? Icke? Dokter, du Däöskopp! Ne Lus krümmt sick, wenn se stiärben sall.“ Un Kasper is met sienen eegensinnigen Kopp steenolt wuorn un wiese bliäwen büs an siene Daudenstunn, en gans echten Wolbiecksken.

Gistern sin ick wier in Wolbieck west, – alleen, ohne miene Enkelkinner. Eensam sin ick düör de Linnenallei gaohn, in ’n Drüppelriängen. Dicke Droppens follen in de Muodder von Aantendiek un Gräften. Kinen grönen blanken Speigel mähr, nicks äs Muodder, kine Waterrausen, kin Reidgräss. De witten Brüggen wassen instüöttet. Olle Baim, in ruhe Nächt ümfallen, laggen twiärs üöwer Wiesken un Water.

De olle Gäörner was nüörns mähr te finnen. De Wiäge wassen nich harkt, de Wiesken nich maiht, de Hieggen utwassen. Ḥaugschuotten was dat leige Unkrut.

Kin Lachen, kin Singen, alls still un daut. Wi wassen nieggen, Bröers un Süstern. Nu sin ick alleen. Mien Liäwen spiellt sick nich mähr hiär in usse wunnerschöne, verwunskene Welt aff. Grusame Tiet is drüöwer hen gaohen. Wel mag nu wull up den Nachtigallenslag ut dat Kellingholt lustern? Wel höärt den ‚Walkürenritt‘, wel süht Iärlküöninks Döchter in dreihenden Niäwel?

Wat hät nich alls an Singsang un Klingklang in us wuohnt! Wu geiht dat to, dat nu bloss no düsse Wildnis von Elises Gaoren bliäwen is? Wu geiht dat to, dat alls vörbi is? Wegdruoggen de Stimmen von Vader un Moder, Tanten un Kurgäste, Bröers un Süstern! Häwt de nöchternen Lüde denn nich recht? Wel hät wull Iärs, düsse gröne Pracht te betahlen? Häwt se nich recht, wenn se meint „Ein Wolkenkuckucksheim war euer Leben." Mag sien! Ha, wenn se män wussen, wu schön sick dat in en „Wolkenkuckucksheim" liäwen lött!

So geiht dat to: Usse Huopnunk, usse Franz sienen eenzigen Suohn, usse leiwe Fränzken, ligg unnern Weitenfeld in de Polackei. Wu säggt de ollen Dichter dat so fierlick? „Wie das Gesetz es befahl –." Ne deipe Waohrheit, – kann auck heiten „Wer sein Leben hingibt für seine Freunde –." He hät sien junge Liäwen hengiäwen, üm wundschuottene Suldaoten te helpen. Wat hänk daoran?

Unnergank, Daud, Niemaolsmähr – un nie Liäwen, nie Leeder, annerswo, bloss nich mähr hiär in usse lachende Kinnerwelt.

De Schiethupp schreit, de lesten Aanten hät de Voss halt. In Muodder kann kinen Karpen swemmen. Met siene grönen barmhiärtigen Arms gripp de Deergaoren sacht nao Elises Gaoren, treckt wier Baim un Strüker an sick. Mag he drüöwer hen wassen!

Eensam stonn ick in dat wöste Unkrut von ussen Gemösgaoren, wo usse Gäörner Fleddermann fröher siene Holsken nao de Lährköchinnen schmeet. He konn dat nich verdriägen, wenn se em ne Prum von de Prumenbaim stiebitzen wullen. Nu sind auck de Prumenbaim affslaon, de lange Allei, witt in't Fröhjaohr, blao von Prumen in'n Hiärwst. Nackt un kahl steiht de barocke Paort, buorssen de Steen, verfult de witte Düör, de Putten freist.

De Hiemmel wäd blank nao dat lange Drüppeln. De Blick is frie, viell to frie. Fröher was ne lange hauge Hiegge tüsken Gemösegaoren un Kamp. Nu kann Dirck von Merveldt sienen Drostenhoff büs in ussen Gaoren kieken. Dat schöne Hus is wier vull Liäwen.

Eenes Aobends – dat is nu all en halw Jaohrhunnert hiär – stonn de Graof met siene Gräöfin an usse Paoskfüer. Se kammen ut de Früemde un wullen wier in Dirck sienen Drostenhoff wuohnen. Se wassen früemd, äs se kammen, vertrut, äs dat Paoskfüer dal brannt was un wi met de Merveldtkinner Kartuffeln in de heete Ask braoden daihen.

So sind vielle Wolbieckske ut de Früemde trügge kuommen, ut Sibirien un Amerika, un dat is gued so. Bloss usse Juden sin niemaols wier kuommen.

Ick denk an ju, Simon un Elias, Josuah un Selma. Ick denk an Hannah un Lenchen, Moritz un siene kleinen Kinner – schlaopt siälig in Abrahams Schaut, ji gueden Wolbiecksken Juden!

Ick denk an mienen wilden Bessvader, an Elise, Settken, Anthrin, an alle. Un dat Hiärt is mi schwaor.

Riet di löss! Gaoh nao Kiärk, wo dat Hiärt von Wolbieck slött! Up ussen Kiärkplatz singt Wolbieckske Blagen: „Krup, Vössken, düör den Tuun!“ Un dann singt de leiwen Kinner:

„Lieber Freund, ich frage dir,
bester Freund, was frägst du mir?
Sag mir, was ist EINS?
Einmal eins ist GOTT allein,
der da lebt, der da schwebt
im Himmel und auf Erden.“

So häwt wi in usse Kinnertiet sungen. Is denn Majister Cassers Geist no lebennig?

In de Kiärk hänk Usse Leiwe Häer un treckt alle an sick. Fall up de Knei, dann wäd dien trurige Hiärt still.

Denk an Mönster! Met diene Kinner häs du midden in Mönsters Guede Stuowe staohn, un alles was kaputt. Dat schöne Raothus, Lamberti, Hus üm Hus nicks mähr äs’n drieterigen Hucht von Steengerümpel. Du häs bietterlick griänen, un diene Kinner häwt met di üm Mönster hült. Dann häs du dienen Bischop up den Hucht von sienen kaputten Dom staohen seihen, in siene löchtende Kardinalspracht, un he green üm „Jerusalem“ un hät siängt: sienen

Dom, jedenen terbuorssenen Steen. Siängt de Menskenkinner, de düör Unnergank un Angst to em kuommen wassen.

Denk an Mönster! Oh Wunner! Et blaiht wier in siene vulle Pracht.

„Du, der den Satan und Tod überwand,
der im Triumph aus dem Grabe erstand –."

Laot dat Truern! Elise truert nich üm iähren Gaoren. Vader un Moder, Bröers un Süstern truert nich. Kinnerskinner driägt alls, wat so schön, so gued was, nie int nie Liäwen.

Nu gaoh nao Brunhilde Stutter! Laot di Pannkoken backen! Wees no? Eenmaol hät se us Pannkoken backt. Wi wassen an de twintig, un Brunhilde Stutter iähre Pannkoken wassen de leckersten von't Mönsterland. Dann brengt Brunhilde di en ‚Mönsterlänner', un du drinks dat ‚Reine Woart Guods' up dienen jüngsten Enkelsuohn Benedikt. Drink up alle Enkel, de Siängen in sick driägen sallt. Nich ümsüss wäd dat ‚Reine Woart Guods' in usse leiwe Mönsterland brannt un jagt alle Trurigkeit ton Düwel.

Brunhilde Stutter iähre Pannkoken sind knusprig un goldenbruun, un Wolbieck is schön un lebennig. Tüsken Angel un Deergaoren ligg diene Welt.

Wat hät Simon so oft säggt?

„Ein Geschlecht vergeht, das andere kommt. Ewig bleibt nur GOTT der Gerechte."

Tüsken Angel un Deergaoren

Übersetzungen schwer verständlicher Wörter und Ausdrücke:

Aanten	Enten
Ächterpant	Hinterteil
aislick	abscheulich
Anterkot	Entrecôte, Mittelrippe
Aosnickel	Schimpfwort, etwa „Dreckskerl“
äösig	schmutzig
äöstig	widerborstig
Augenslag	im Nu, im Augenblick
Balken	Dachboden über der Deele, aber auch Fensterladen
Balkenbrand	schwarz gebrannter Schnaps, oft auf primitive Weise auf dem Dachboden gebrannt, um die Steuer zu vermeiden
Bastert	dicker Knicker
Bengelrüe	Werwolf, in einen Wolf verzauberter Mensch, Spukgestalt
Bieck	Bach
Biesterpatt	Irrweg
binaut	bei verengtem Atem, benommen
Bittenkratzen	Beerenstacheln
Bittenstrunk	Beerenstrauch
Bitterballen	holländische Fleischklößchen, oft Beigabe zum Genever
blai	blöde, schüchtern
Blättken	Tageszeitung aus Münster
bliecken	bellen
bölken	laut weinen, heulen
Brook	Bruchlandschaft
Brühm	Bräutigam
Büehn	Raum über den Ställen
Buorgmann	Burgmann, Knappe, nicht adliger Hüter einer Burg oder eines Dorfes
Butten	Knochen
comme ci comme ça	So so, so la la, etwa „wie man’s nimmt“
Cordelict	Corpus delicti, Beweisdokument

Däern	Mädchen (Dirndl)
daor	töricht, dumm
dick	betrunken, besoffen
Döärnen	Dornen
Dötzken	kleines Kind
draoh	zögernd
Driet	Dreck, Schmutz
Droste	Truchsess, Oberamtmann der münsterischen Fürstbischöfe
Drüg Endken	ein Stückchen trockene Mettwurst
Düker	gefürchteter Femrichter aus der Davert, Spukgestalt; der Name wird als Fluch gebraucht, „beim Düker" ähnlich wie „beim Teufel"
Dullerie	Tollheit
Düörgemös	Durcheinandergekochtes, Eintopf aus Gemüse, Kartoffeln, Fleisch oder Speck
eendohen	einerlei, gleichviel
Eenspänner	Junggeselle, Einspänner
Entre le bœuf et l'âne gris ...	französisches Weihnachtslied, „Zwischen Ochs und Esel schläft der kleine Sohn –."
Fazun	Gestalt, Fasson
Fixstaken	Fizebohnenstange
frensken	wiehern
Frierie	Freierei, Liebschaft
Füchte	Fichte, auch Tanne oder Kiefer
Fuesel	gemeiner Schnaps, mit Fuselölen
füsk	rasch, behende
Gaffeln	Gabeln
gapen	gähnen
Gardükor	garde du corps, Anstandsdame
Gaus	Gans
gnesen	grinsen
gnöcheln	schmunzeln
Gräftenhoff	Bauernhof, von Wassergräben umgeben
grienen	weinen
grienensmaote	den Tränen nahe, rührselig
grieselick	gruselig

grüggelsk	grausig, grässlich
grummeln	donnern
Haböckenhiegge	Hainbuchenhecke
Häerohm	Pastor, Pfarrer, „Pfarronkel“
Hallähr	Herr Lehrer
Hänksel	Angeln eines Tores
Hawk	Habicht
heesk	heiser
hennig	schnell
Hill	Bodenraum über den Ställen, zum Aufbewahren des Futters, auch Schlafkammern des Gesindes
Hillkan	Dohle, Turmkrähe
Hohmiss	Hochamt
Hucht	niedrige Erhebung, Hügelchen
hüeweln	hobeln
Iärs	Lust
inviteeren	einladen
Janhagel	Gesindel
Jusprinokt	ius primae noctis, Herrenrecht auf die Brautnacht nach der Hochzeit
Kabernao	Karbonade, Kotlett
Kabus	Kappes, Weißkraut
Karona	Korona
Kassmännken	altes Fünfundzwanzigpfennigstück
kieddeln	kitzeln
kieddelsk	kitzelig
Kiersse	Kirsche
Klaonenkasper	Teufel, im abwertenden Sinn wie dummer Teufel, Klauenkasper
Knabbeln	im Backofen getrocknete Stücke von halbgar gebackenem Weißbrot (Stuten)
kniebbelaigen	zublinzeln, Augen zwinkern
Kniepstiewel	Geizhals
knüösseln	undeutlich durch die Zähne sprechen
Koacksplacken	alter Richtplatz in Wolbeck
Kolk	Vertiefung eines Bachbettes bei Biegung des Flußlaufs, oft plötzliche Tiefe zwischen seichten Sandbänken

Küöck	Küche
Küöckske	Köchin
Kösters Kämpken	Friedhof, Küsters Acker
Krüeppelwalm	abgeschrägte Giebelspitzen eines Satteldachs, beim Krüppelwalm nur bis zur Hälfte des Satteldachs abgeschrägt, schafft Geborgenheit
Krukran	Kranich
Kümpken	henkelloses Schälchen, meist für eingetunkte Knabbeln gebraucht
Küten	Waden
La beauté et la paix, quelle plaisir!	Schönheit und Frieden, welche Freude!
Lacke	Wasserlache
Latüchtken	Laternchen
Ledder	Leiter
Leiss	Schilf
Leisslünink	Rohrammer, Wasservogel
lubietsk	tückisch
Lustkast	Gartenhaus
Maue	Ärmel, auch Schutzärmel überm Ärmel
Mauenfrierie	leichtfertige Liebschaft, übern Ärmel gefreit
Märtengeitlink	Schwarzdrossel mit gelbem Schnabel, Frühlingsbote
Miegampel	Ameise
Mille tonnerres de dieu!	Tausend Donner Gottes! französischer Ausdruck der Verwunderung
Mint	Minze, Pfefferminz an Bachufern
Möht, in de Möht	Begegnung, einem entgegenkommen
Mülken	Kuß
mülsk	mürrisch, schlecht gelaunt
Muodder	Morast, Sumpf
Musjehs! Qu'est-ce qu'il dit?	Meine Herren, was heißt das?
Nie Lecht	Neumond
Niendüör	Deelentor
Nuottpicker	Spechtmeise, Balkenläufer
Nuverrong	nous verrons, wir werden sehen

Öhm an de Müer	Onkel an der Mauer, nachgeborener Bauernsohn ohne Besitzrechte, lebt auf dem Hof, oft als Knecht
Öllern	Eltern
pännkesvull	pfannenvoll, übersatt
Paosken	Ostern
Paoskfüer	Osterfeuer
pielup	pfeilgerade, steil aufrecht
Piggenbrut	reiche Braut, Hoferbin
plängkarrjeh	in vollem Trab
plästern	stark regnen
Plörös	Pleureuse, gekräuselte Straußenfeder, Hutschmuck
Plümmo	dickes Federbett
Postür	Wohlgestalt
Pottlock	Einwurfloch beim Knickerspiel
praot	bereit, fertig, erledigt
Predullje	pédrouille, Bedrängnis
Prumenküötter	kleiner Kötter, oft ein Kotten mit Pflaumen- statt Eichenbäumen
Pullar	Poularde
Püster	Jagdflinte, aber auch Pusterohr zum Anfachen des Herdfeuers
Pütt	Brunnen zum Wasserschöpfen mit Hängeeimer
Puttkersdochter	Landstreichertochter
Quakelten	Wacholder
Quaotlecht	Irrlicht
Quaotlechtsmaneer	Irreführung, trügerisches Verhalten
Quater-di-Quater	dummes Geschwätz, sinnlose Worte
Quickstiärt	Bachstelze
Quintensliäger	Leichtfink, auch Eulenspiegel
Ramplassant	remplaçant, Ersatzmann, in der Bedeutung wie minderwertiger Kerl
ruhbästig	rauh, kratzbürstig
rüsken	rauschen
Sakerdiöh	sacre dieu, du lieber Gott!
Sakerkör	Sacrécœur, Frauenorden

Schaleier	mißgünstiger übler Mensch
Schampaljen	fahrendes Volk
schandudeln	lärmend schimpfen
Scheesken	Karussell, chaise
Schiethupp	Eichelhäher
Schleif	Nichtsnutz, Faulpelz, aber auch Schöpflöffel zum Wasserschöpfen
schmöde	weich, zart, gelinde, mildes Wetter
Schwecht	Schwarm
Seisenlaiper	Sensenläufer, altsauerländische Wanderburschen, die ihre selbstgeschmiedeten Sensen auf dem Rücken bis ins Holsteinische trugen
siege	niedrig
Siegge	Ziege
simmeleeren	nachsinnen
Sippe	Singdrossel
sliepstiärts	verlegen, mit eingezogenem Schwanz
spillünkern	herumspionieren
stantepee	stehenden Fußes, sogleich
stieselig	überall anstoßend, störrisch
Struott	Kehle, Kehlkopf
Stüörtkaor	zweiräderiger Ackerkarren
Sübbösken	altes silbernes Fünfzigpfennigstück
Suege	Sau
Swiemel	Schwindel
swiemelig	schwindlig
Tieke	Zecke
tiessen	zischeln
Tockelbähnd	wilder Jäger, Wodan
Tönebank	Wirtshaustheke
twiärs	quer, querköpfig
Twillstiärt	Gabelweihe
tüskentiets	unterdessen, zwischendurch
tuttkewarm	mollig warm
Ülk	Iltis
Undocht	Taugenichts, Schlingel
Unnerstunn	mittägliche Ruhestunde, Siesta
Üsse	Unke
Uttiährunk	Auszehrung, Schwindsucht

Vakanzen	Ferien
verfiert	verstört, erschrocken
Verlöf	Erlaubnis
vermüntern	ermuntern
Vernien	Kraft, Gerissenheit, oft im Sinn von Heimtücke gebraucht
veröhmen	verulken
verstuort	versessen
Vörsiätten	Vorfahren
Wallhiegge	Wallhecke
Walmdack	Satteldach, das nach allen Richtungen schräg abfällt, Dachrinnen immer in gleicher Höhe
wiedden	weidengeflochten
Wiegelwagel	Goldammer
Wiesepinn	Besserwisser, auch Geizkragen
Wippstiärtken	Rotschwänzchen
Wöstbrak	wüster Kerl, Draufgänger